I0649598

Kalamba, Nsapu:
Fatigué d'Être Africain! Benga DidiPotesha

ACADÉMIE DE LA PENSÉE AFRICAINE
ACADEMY OF AFRICAN THOUGHT
_____Section IV, Vol. 5_____

KALAMBA NSAPO
Chercheur à l'Académie de la Pensée Africaine

FATIGUÉ D'ÊTRE AFRICAIN!
Benga DidiPotesha
2ème édition revue et augmentée

Préface de Mubabinge Bilolo

PUBLICATIONS UNIVERSITAIRES AFRICAINES
AFRICAN UNIVERSITY STUDIES
MUNICH-KINSHASA-PARIS

Copyright © 2007 Publications Universitaires Africaines
1ère édition Menaibuc 2006

CIP - Titelaufnahme der Deutschen Bibliothek
Kalamba, Nsapo:
Fatigué d'Être Africain! Benga DidiPotesha.
Préface de Mubabinge Bilolo
(Académie de la Pensée Africaine - Academy of African Thought)
Freising, Munich, Paris: Publications Universitaires Africaines,
2ème édition revue et augmentée, 2007
ISBN 978-3-931169-09-1

PRÉFACE

Dans sa brochure intitulée *Conscience noire*[1], Kabongo Kanundo-wi attire l'attention sur le risque de croire à la capacité de l'autre à réciproquer l'amour, de croire à la bonté de l'autre avant qu'il ne nous ait donné de preuves contraignantes du fait qu'il nous respecte ou qu'il nous aime. L'Africain(e) est, pense-t-il, trop naïf/naïve sur ce point. Mais cette naïveté politique est un symptôme d'un mal plus profond. Elle est l'expression d'un Imaginaire Aliéné.

L'autre a compris que la main mise sur le *LuKebu*[2], sur la faculté de représentation ou sur l'imaginaire collectif d'un peuple est le secret de tout domination durable d'une culture sur une autre, d'une religion sur une autre. Le contrôle de l'imaginaire est la stratégie par excellence de toute entreprise coloniale ou néo-coloniale. Et l'imaginaire d'un peuple est marqué par sa religion.

Les Eglises officielles et indépendantes ainsi que la multitude de pasteurs ferment les yeux devant l'humiliation quotidienne de l'Homme Noir, de la Femme Noire par les États très chrétiens et très islamiques. Une nouvelle forme d'esclavage et d'apartheid religieux se développe sans que l'Union Africaine ne proteste.

Mais ces Églises ferment-elles rééllement les yeux? Non. Elles sont la source des *bi-mfwani* „images", de *mfwanikishilu* „imagination"[3] et *di-fwanika* „représentation" qui nous ferment la voie d'accès à la Vision (*di-mona*) de l'autre, de l'être de l'autre et au Dévoilement (*di-tandula*) de ses vraies intentions. Nous ne voyons pas l'autre tel qu'il est en réalité, avec sa méchanceté multi-

---

[1] KABONGO-KANUNDOWI, E., *Conscience Noire*, Lwebo, 1997.
[2] http://www.ciyem.ugent.be/
[3] Cf. *cifwanyikijilu* „imagination" dans le *Dictionnaire Luba-Online*: http://www.ciyem.ugent.be/

millénaire et son plan d'anéantissement maximal (*kaButu*), mais plutôt tel qu'il se représente dans ses propres auto-portraits (*bi-mfwani bi-ende*) théologiques et historiques qui fécondent *nDota yetu* ou *biLota bi-etu* „nos rêves" et *mfwanikijilu w-etu* ou *LuKebu lw-etu* „notre imaginaire".

L'éducation coloniale et néo-coloniale ne nous permet pas de nous poser la question: *Ci-mfwani cia ci-nkalabwa nci-fwane ci-nkalabwa mwine bu mudiye anyi?* „L'image de l'Européen corres-pond-elle réellement à l'Européen tel qu'il est?" Et pourtant nous devons tous nous poser cette question. Nous faisons nôtre ce cons-tat de Gaston Bachelard: „Notre appar-tenance au monde des ima-ges est plus fort, plus constitutif de notre être que notre apparte-nance au monde des idées"[4].

Dr. Kalamba Nsapo n'écrit pas pour faire la poésie ou pour nous prouver qu'il maîtrise la langue française. Il écrit pour dénoncer le mépris de la Maât. Son livre *Fatigué d'être Africain!* est un appel au divorce d'avec la culture de l'extrême bonasserie, de l'extrême tolérance de l'inadmissible, indifférente aux crimes commis dans le monde contre les Bébés, contre les Femmes et les Hommes Africains. On comprend, dès lors, pourquoi ceux et celles qui ont pu lire la première édition[5] se sont exclamés: „Voilà le genre de livres dont l'Afrique a besoin".

L'auteur a focalisé son regard sur le Drame de „demandeurs d'asile", le Drame de ceux qui, victimes de l'imaginaire néo-colonial, pensent encore que l'Occident est le paradis sur terre. Ils s'aperçoivent à leur arrivée aux frontières que l'Europe démocrati-que, chrétienne et respectueuse des droits de l'homme, promotrice de la dignité humaine, est un mirage, une illusion médiatique. La plupart de ces Africain(e)s et leurs bébés passent la nuit en prison au moment où ils arrivent en Europe.

---

[4] Cité selon BACHELARD, Gaston, *Le nouvel esprit scientifique* (1934); http://fr.wikipedia.org/wiki/Gaston_Bachelard
[5] Parue aux Éditions MENAIBUC, Paris, 2006.

Mais il n'est pas nécessaire de sortir de l'Afrique pour constater ces inadmissibilités. Même les Ambassades occidentales en Afrique traitent les demandeurs de visas, quelle que soit leur fonction, comme des criminels, comme une menace réelle ou potentielle pour l'Occident. Il faut jurer de ne pas rester en Occident et surtout déposer beaucoup d'argent comme caution. Les conditions de voyage imposées aux Africain(e)s ne peuvent être remplies par la majorité de la Population Européenne ou Nord-Américaine. Les Ambassadeurs occidentaux se substituent aux Chefs d'État en Afrique. Ils déposent les uns et imposent les autres.

Ce qui est révoltant, c'est l'absence de fermes protestations de la part des États, des Journalistes, des Églises et des Ambassades Africains. Ce qui énerve, c'est l'impunité totale dont jouissent les multinationales et les ressortissants de ces pays qui maltraitent et humilient l'Africain(e) en Afrique.

Pendant ce temps, la Police, l'Armée et la Sécurité des États Africains ouvrent largement toutes les frontières et toutes les barrières aux Occidentaux et à d'autres étrangers. Tout se passe comme si l'Afrique était un pays de l'Union Européenne et comme si les Africains étaient des Étrangers en Afrique. Les frontières et les barrières du Congo, du Cameroun, du Kenya, du Caire, du Maroc, du Sénégal, de la Zambie, n'existent que pour les Africain(e)s, voire pour les Noirs. La Police, l'Armée et la Sécurité Africaines traitent les Européens comme des Nationaux et traitent les Africains comme des Étrangers et des Criminels.

Voyant ce comportement, les Diplomates et les commerçants étrangers proclament tout haut: „L'Homme Colon est un Dieu aux yeux des Soldats et des Policiers Africains". L'Homme Occidental peut tout se permettre en Afrique: piller les richesses du sol et du sous-sol, exiger de ne pas payer les impôts, détruire les forêts, violer les filles et les enfants, faire le commerce des organes humains, stériliser à sa guise les femmes africaines, violer la Constitution et les lois en vigueur, procéder au test de vaccins et de médicaments dangereux, vendre les déchets alimentaires et atomiques, imposer ou déposer le Président et le Gouvernement, etc.

7

Les Ambassades Occidentales et les Dénonciatures (pardon Annonciateurs! Non!Nonciatures) chrétiennes en Afrique, véritables états-majors de l'Opération **Kabutu et Ciyole**[6], forment la „Chorale des Vautours rapaces" et dansent le „Tango des Officiers du *KaButu*" en ridiculisant dans nos capitales, à côté de nos ministères ou de nos chefs d'État: les demandeurs de différents visas. Nous assistons ainsi non seulement à la tragédie des „Africain(e)s criminalisé(e)s, transformé(e)s en clandestins", mais aussi à l'humiliation et à l'escroquerie de ceux et celles qui se présentent à la porte d'une Ambassade occidentale. Nous parlons d'escroquerie, car toute la procédure est conçue de telle sorte que l'Africain(e) perde non seulement sa dignité, sa fierté, mais aussi beaucoup de temps et beaucoup d'argent.

Ce traitement révèle aux demandeurs de visas leur statut de prisonniers, condamnés à rester dans les camps de concentration, jusqu'à ce que soit trouvé le Vaccin Anti-Nègre qui apportera la Solution Finale à la Question Africaine. On comprend, dès lors, que les demandeurs d'asile soient abattus soit aux frontières de l'Occident soit dans les cachots de la Police Eurasiatique. Les Journalistes, les Églises et les Gouvernements Africains les laissent faire. En fermant aux Africain(e)s la porte d'exil ou de sortie, l'Occident les oblige à ne plus s'en prendre aux Présidents et aux Gouvernements qu'il leur impose ou qui abandonnent à des prix dérisoires les richesses africaines aux Vautours occidentaux et aux *Mikumbi* (= „à la nuée de sauterelles") eurasiatiques.

---

[6] Le terme Luba *Kabutu* veut dire „anéantissement par le feu ou autrement, destruction totale". Il vient du verbe *Butula* „anéantir, consumer, dévaster, ravager, réduire en cendres". Le mot clef est *Butu* „cendres"; mot qui signifie aussi „nuit"(en lingala). Ce mot comprend les trois aspects, à savoir: 1. „holocauste", 2. „shoa" et 3. „Churban". Le *Ciyole* se rapproche de l'hébreu Shoa. Il signifie, d'une part, „calamité, désastre, catastrophe, pandémie" et, d'autre part, „famine" ou *luKota*. Le *Ciyole* est un des moyens efficaces pour le *kaButu* ou *diButula*. Ces deux termes, plus forts que l'Holocauste ou Shoa, permettent d'expliquer l'objectif multi-millénaire de l'Eur-Asie en Afrique ainsi que le *Ciyole* de la Diaspora Africaine en Eurasie, en Amérique et dans les Caraïbes.

Devant une telle situation, comment ne pas protester contre l'injure de S. Smith lorsqu'il répète cette phrase enseignée aux Africains de la Diaspora: „ce sont des Africains qui ont vendu d'autres Africains, leurs frères"[7]; „Nègre vend Nègre"? Cette phrase qui nous rappelle le révisionnisme de l'extrême droite est une expression de l'inadmissible tolérance dont l'Africain(e) a fait preuve jusqu'à ce jour. À supposer que S. Smith ait écrit: „Ce sont les Juifs qui ont vendu d'autres Juifs, leurs frères, à Hitler". Quelle serait la réaction juive? Quelle serait la réaction des États et des Églises occidentaux? Quel serait le sort de S. Smith? Mais à l'égard de la Race Noire, tout révisionnisme est permis et le révisionniste est sûr de ne rien craindre. Il peut, après que ses frères et sœurs aient neutralisé les patriotes panafricains, tué les pagayeurs et arraché le bon bois du bateau africain, affirmer: „Pourquoi l'Afrique meurt-elle? En grande partie, parce qu'elle se suicide. C'est comme si, à bord d'une pirogue déjà prise dans la tourmente d'une mer démontée par la mondialisation, les passagers, au lieu de pagayer pour gagner une terre ferme, s'acharnaient à trouer la coque de leur frêle esquif" ...

L'Afrique ne meurt pas et ne disparaîtra jamais. L'Afrique souffre parce que l'Occident a la main mise non seulement sur ses richesses, mais aussi et surtout sur l'imaginaire de son élite civile et militaire. Les Sociétés Multinationales, fondées pour piller le Pétrole, le Diamant, le Cuivre, l'Or, le Coltan, les forêts, les poissons, et tant d'autres richesses de l'Afrique, se servent de l'Armée Africaine et des Gouvernements Africains pour trouer la Coque, pour tuer ou faire taire ceux et celles qui disent NON au pillage du Continent et NON au mépris de l'Homme Noir. Les exemples de cette guerre inégale entre l'Occident et l'Afrique sont légion au Nigéria, au Zibambwé, en Afrique du Sud, au Congo-Kinshasa, au Cameroun, au Gabon, au Togo, au Tchad, au Congo Brazzaville, en République Centre-Africaine, en Algérie, au Soudan, en Libye, en Égypte, en Angola, en Namibie, au Rwanda, en Ouganda, au Kenya, etc. Les victimes sont innombrables.

---

[7] SMITH, S., *Négrologie. Pourquoi l'Afrique meurt?*, Paris, 2003, p. 86.

9

Après avoir neutralisé, grâce au soutien des Forces de l'ONU et de l'OTAN (alias EU), bon nombre de politiciens congolais (cf. Kimbangu, Lumumba, Tshisekedi wa Mulumba, Bemba, Landu) et d'autres figures connues en Afrique, Smith pourra une fois de plus écrire: „ce sont des Africains qui vendent les richesses de l'Afrique et pillent leur propre Continent". Ses frères pourront continuer à enseigner: „Nègre vend le Sol Nègre"; „Nègre pille les richesses de l'Afrique Nègre"; „Si les Africains étaient contre le Pillage Économique, ils auraient déjà fait une Révolution Continentale et auraient déjà mis les pilleurs hors de leur Territoire". En termes militaires, „Si les Africains étaient contre le Pillage de leur Continent, ils auraient déjà déclaré la Guerre aux Pilleurs de leur Pétrole, de leur Coltan, de leur Diamant, de leur Cuivre, de leurs Poissons, de leurs Bois, etc.".

Peut-être faudrait-il demander aux Jeunes de ne plus jamais tolérer les révisionnistes et la littérature révisionniste. Les assassins de Lumumba s'autorisent d'appeler Tshombe „Le Juif" et d'appeler Lumumba „Le Satan". Et ils ajoutent sans crainte: „Un Nègre qui ne lèche pas les pieds de colons est un danger" et c'est pourquoi la CIA et le Gouvernement Belge avaient décidé de le tuer. Ses assassins témoignent en riant: „On les a coupés en morceaux et mis dans l'acide qu'on met dans la batterie… sulférique"; „aucuns noirs ne nous a vus". Un de deux criminels d'ajouter: „Pourquoi avoir pitié de lui? Il a insulté mon roi" et „je lui ai arraché deux dents". Et si un jour, un fils spirituel de Lumumba disait: „Pourquoi avoir pitié de lui? Il a insulté ma race. Il a tué mon héros national", quelle sera la réaction belge? Comment peut-on construire l'avenir d'une nation sur la base de génocides, de meurtres et de pillages, alorsqu'on sait très bien, grâce aux cours élémentaires d'histoire, qu'aucune civilisation, qu'aucune royauté n'est éternellement puissante? Quel est le degré de barbarie d'une Nation ou d'un État qui se vante d'avoir coupé le héros congolais Lumumba et ses compagnons en plusieurs morceaux?

Les Églises Africaines n'ont pas encore compris qu'il est temps d'évangéliser l'Occident, de lui imposer le respect de l'Homme

10

Africain. Ces Églises ne défendent ni la Justice ni la Vérité. Il y a lieu de mettre en doute leur sens de responsabilité au moment où l'on réfléchit sur la composition des membres du Collège des Cardinaux? Il n'est pas possible d'affirmer que les gens qui acceptent que l'Europe ait à elle seule 53 Cardinaux électeurs contre 7 Cardinaux Africains (6 après la mort du Cardinal de Kinshasa) ou plus de 90 Cardinaux électeurs blancs contre 5 Cardinaux électeurs Nègres ont une vision claire de la Justice. Ne sont-ils pas les architectes de l'injustice? Leur indifférence et leur silence vis-à-vis des actes d'injustice en Eglise ne sont-elles pas considérées comme un signe de l'irresponsabilité face aux exigences de la Justice?

Les évêques blancs seraient-ils plus saints et plus humains que leurs collègues noirs pour que l'Italie ait 37 Cardinaux au moment où le Congo avec ses 60 millions d'habitants n'en a qu'un seul? Depuis la mort de Etsou, le Congo, avec 60 millions de Chrétiens, n'a aucun Cardinal. Les Italiens n'étant ni plus nombreux ni plus chrétiens que les Congolais, ne serait-il pas plus juste d'exiger 40 Cardinaux pour le Congo? On nous dira que la France n'a que 9 Cardinaux, mais le Congo a, à l'heure actuelle, non pas 9 Cardinaux comme la France, non pas 8 Cardinaux comme la Pologne, non pas 6+1 comme l'Allemagne, mais 0 Cardinal. Il faudrait ajouter à ce chiffre des Cardinaux d'origine européenne en Amérique Latine, en Amérique du Nord, en Australie, en Asie, etc. L'Église de deux Amériques est scandaleusement dominée par les Évêques et les Cardinaux leucodermes d'origine européenne. Un Dieu qui tolère une telle disporportionalité est un Diable. Il n'est pas le Dieu-Créateur. Ce « Dieu-Raciste » qu'on injecte dans l'imaginaire des Africain(e)s doit être jeté dans la poubelle des monuments de l'injustice et du racisme.

Après 2000 ans de prise en otage de l'Eglise par l'Occident, n'est-il pas plus que temps de confier le Destin et la Direction des Églises aux Noirs, aux Amérindiens et aux Australiens?

Comment ne pas comprendre qu'on continue à cracher sur ses victimes? Peut-on protester contre une tradition de la discrimination ou de l'injustice institutionnalisée lorsqu'on est victime de

11

l'Imaginaire de *baPika* „esclaves", de l'Imaginaire de la Dévalorisation de Soi-Même, de sa Culture et de son Héritage Spirituel?

On entend même les Évêques Africains dire qu'il ne faut pas scier „l'Arbre qui vous porte". Autrement dit, l'Arbre qui les porte, ce n'est pas l'Afrique, ce n'est pas la Communauté Noire ou la Race Noire, mais le Vatican ou la Communauté Leucoderme. Portés par les Églises d'outre-mer, ils acceptent de laisser scier „l'Arbre Africain" qui apparemment ne peut ni les porter ni les nourrir. Cette Afrique qui nourrit depuis toujours nos Rois, nos paysans, nos forgerons, nos médecins et nos griots ne serait pas en mesure de nourrir les Docteurs-Évêques ou les Docteurs-Pasteurs!

Pendant que les Vautours baignent dans le sang de notre peuple et dansent autour des fruits de la rapacité, accumulés grâce au Pétrole, au Coltan, au Diamant, au Cuivre, aux forêts et aux savanes de l'Afrique, les pasteurs financés par l'Occident cultivent le „Fatalisme" en enseignant au fil des jours: **In ša□ Allāh**, lire *Insha'Allah* (ان شاء الله!) „Si Dieu le veut" ou Mā šā□ Allāh (ام شاء الله) „C'est Dieu qui l'a voulu", en hébreu *B'ezrat Hashem* (משה תרזעב) et *Im Irtze Hashem* (משה הצרי מא).

Mais ce n'est pas l'Islam qui prêche le Fatalisme en Afrique. Les Musulmans sont debout. Ils luttent pour leur pays, leur religion et leur dignité, avec un héroïsme déroutant pour leurs ennemis. Les Juifs combattent, Bible à la main, pour leur survie, pour leur histoire, pour leur dignité. Le Fatalisme Africain est entretenu par le christianisme ou, précise-t-on par ailleurs, par la CCIA „*Christian Central Intelligence Agency*".

Les pasteurs du Fatalisme chrétien qui préparent les Noirs à accepter le „Vaccin Final" de *Kabutu*, utilise une autre formule d'envoûtement: „**Alléluia! Amen**". Toute l'Afrique et sa Diaspora sont envoûtées du matin jusqu'au soir, dans les rues, au cours des cérémonies de deuil, par la radio et la télévision, au moyen de la formule „*Alléluia! Amen*".

Alors que la formule musulmane sonne dans l'oreille et le subconscient Bantu : *Inshaalla!* „Que je reste!" avec le sens de „pourquoi devrais-je rester (derrière)?" - du verbe *Shala* ou *Shaala* „rester" -, la formule chrétienne sonne: *Alal-Luya!* „Que la Chaleur l'endorme / Qu'il dorme grâce à la chaleur"; *Alal-Uya!* „Qu'il dorme et que tu partes (avec tous ses biens)" - impératif du verbe *Lal / Lala* „dormir".

Les envoûtés répondent: *Amen* „Que cela se passe ainsi", „Que cela pousse = que le Pillage et la Somnolence des Africains deviennent une tradition éternelle"- impératif du verbe Luba *men* „pousser, germer"; *Amin* „Qu'il avale (l'Afrique, ses hommes et ses richesses)"- impératif du verbe *min* „avaler, engloutir"; *Aman* „Qu'il termine / Qu'il épuise (les richesses du continent)" - impératif du verbe Luba *man* „épuiser, terminer, vider, achever".

La formule théurgique „**Alléluia! Amen**" est un ordre donné par les hypnotiseurs aux Africain(e)s pour qu'ils s'endorment afin que les Négriers et les Colons puissent parachever leur Plan en Afrique: *Alal-Aman, Alal-a-Man, Alal-a-Min* „Qu'il dorme et que tu parachèves (ton plan diabolique)"; „Qu'il dorme et que tu vides, que tu avales (tous ses biens)". Grâce à la répétition, on maximalise la puissance d'hypnotisation de tout un continent.

Cette formule d'incantation qui avait déjà fait ses preuves dans la Communauté Noire Américaine a été exportée en Afrique par la „*Christian Central Intelligence Agency*" afin d'envoûter grâce à la télévision et à l'entretien de la misère les Africains et les Africanes que Chaka Zulu, Kimbangu, C.A. Diop, Lumumba, Garvey, Blyden, Dubois, Malcom X, Fanon, Césaire, Mabika-Kalanda, Sankara, Mandela et Mugabe, avaient commencé à désenvoûter .

Certes Dr. Kalamba Nsapo ne se penche pas dans ce livre sur la Chorale de l'Envoûtement et la Messe des Vautours. Il s'intéresse notamment à la symbolique de la „Chorale des mouches" ou plus exactement, aux „mouches" qui font partie de cette Chorale dont les spectateurs forcés sont fatigués de supporter l'indignité. Mieux il nous demande si l'acceptation du statut confus de „mouches" qui bourdonnent autour de la viande du peuple africain affamé n'entraîne pas l'essoufflement et la fatigue de celui-ci. Si elle ne serait pas la conséquence d'un Imaginaire Aliéné et d'un Imaginaire Envoûté par la Chorale des Vautours?

Nous sommes heureux de constater que l'auteur a opté „pour la construction d'une nouvelle vision de l'avenir ou d'un nouvel imaginaire". Il s'est manifestement engagé dans la campagne de Désensorcelement de l'Imaginaire Aliéné par les Envoûteurs Eurasiatiques.

Dans ce sens, Dr. Kalamba va au-delà de travaux de Dr. Kä Mana, qui tout en étant conscient du rôle négatif de l'imaginaire colonial et néo-colonial en Afrique, n'a rien entrepris pour l'invention d'un nouvel imaginaire, pour la réinvention de l'iconosphère kamite . Insensible à la mise en garde de Mudimbe contre l'usage balistique du terme „révélation", „parole de dieu", Dr. Kä Mana a choisi les rangs de ceux et de celles qui contribuent à la traite des „âmes nègres". Il préside lui-même et la Chorale des Sauterelles (*Mikumbi*) ou des Mouches (*nshishi, nzizi*) et la Messe des Vautours. Son collègue, auteur de ce livre, dit „Non" à cette forme de naïveté politique et théologique dans ce contexte où l'on tente d'effacer les Africain(e)s de la Carte Mondiale des Cultures, des Civilisations, des Races et des Religions.

Dr. Kalamba lutte pour que l'Afrique, ses hommes et ses femmes, ses cultures, ses civilisations, ses races, ses valeurs et ses théologies ne soient oubliés. Comme le dit si bien ces proverbes luba: *Bidi mwetu tente, wikala ne ciebe pebe* „Il y a certes beaucoup de choses chez nous, mais tu devrais avoir la tienne propre" ou *Kajadikila beena bilowa, biende bishale bisendame* « Qui s'acharne à redresser les calebasses des autres, tendis que les siennes restent penchées ». L'Afrique doit se laisser guider et féconder par sa propre représentation de *Sha-Ntu* „Père de ce qui est" ou de *Nina-Ntu* „Mère de l'Être", du Monde, de l'Homme et de l'Au-delà. Elle doit se doter de sa propre voie de salut ou du développement intégral. Aucun prophète étranger ne conduira l'Africain(e) vers le *Kala-kakomba ka Maweja* „Cour-Balayée-de-la-Vérité-Justice" et encore moins vers le Bonheur Terrestre.

Le sous-développement matériel, spirituel et culturel est le sort inévitable de ceux et de celles qui se contentent de *LuKebu* et de *Bi-mfwanyi* importés. On est et on demeure esclave du maître de notre imaginaire collectif, de notre Image rectrice. L'Afrique doit cesser d'être *Kajadikila beena bilowa, biende bishale bisendame* = celle« Qui s'acharne à redresser les calebasses des autres, tandis que les siennes restent penchées » et en restant penchées se vident. Cessons de passer notre temps à corriger les calebasses théologiques, philosophiques, culturelles, linguistiques, économiques et politiques de l'Occident pendant que le peuple Africain et ses calebasses sont foulés aux pieds.

L'image des chiens affamés à la recherche de l'os, véhiculée et entretenue par la presse écrite, orale et visuelle, contribue à la globalisation de l'Image de l'Afrique que l'Occident, Pilleur par excellence des richesses de ce continent, veut vendre. Elle sert aussi d'engrais à la culture de ou à l'entretien de l'imaginaire néo-conolial.

C'est pourquoi, nous rappelle Kalamba, nous avons le devoir de redevenir Maître et Artisan de notre iconospère. Mais peut-on le devenir sans récupérer l'infosphère, l'épistemosphère et la théosphère? Un exemple historique de la voie de la récupération de l'épistémosphère est ouverte par Cheikh Anta Diop et Ki-zerbo. Celui de la théosphère est ouverte par Kimpa Vita, Kimbangu, Karenga, les *Munu-Kam* de la Martinique et de la Guadeloupe ainsi que par *Ciakanyi* de Mabika-kalanda.

Voilà une attitude responsable qui nous donne personnel-lement beaucoup d'espoir. Tout Africain ou toute Africaine doit apprendre à dire **NON: NON** à toute forme d'humiliation, à toute forme de discrimination, à toute forme d'injustice.

Le Muntu-Kame doit produire et promouvoir des mythes, des images, des symboles et des figures qui feront de lui un vrai Montu/Monthu et un véritable Roi de tout ce que le soleil entoure. Il doit user de tous les moyens stratégiques, et plus particulièrement d'un nouvel imaginaire, pour amener les Nations ivres de nos richesses, les Nations devenues riches grâce aux massacres des

15

Amérindiens et des Noirs, devenues riches grâce aux pillages systématiques de l'Afrique, de l'Amérique, de l'Australie, de l'Asie, à stopper le mépris et l'humiliation de leurs victimes.

Pour se faire, l'Africain(ne) devrait divorcer d'avec l'imaginaire leurrant, source de nombreuses illusions et de nombreuses erreurs stratégiques dans la Guerre des Cultures, des Races et des Religions, pour s'armer d'un réseau d'images, de valeurs, de symboles, de pensées nocturnes et diurnes, qui soit (=le réseau) catalysateur de notre Excellence, de notre Dignité et de notre capacité d'auto-défence. L'Afrique brille. Nous avons le devoir de réfléchir sa lumière, son invincibilité, sa fécondité et son excellence au sein de tout ce que le soleil entoure.

Notre vœu est que ce livre de Dr. Kalamba Nsapo devienne un livre de méditations quotidiennes pour les Présidents, les Ministres, les Gouverneurs et Chefs de Zones, les Évêques, les Pasteurs, les Prêtres, les Religieux et les Religieuses Africains et tous les Enseignant(e)s Noir(e)s en Afrique et dans la Diaspora.

Dr. Mubabinge Bilolo
Professeur-Chargé de Recherche
à l'Institut Africain d'Études Prospectives;
Membre de l'Académie de la Pensée Africaine

INTRODUCTION

En Europe, il est devenu banal d'entendre dire que chaque Africain porte le poids des problèmes multiples à cause des sinuosités et des méandres de son itinéraire historique. Le „demandeur d'asile" est perçu comme l'expression typique de celui-là même qui ne réussit pas à obtenir le statut de réfugié politique et se trouve condamné à l'errance avant d'être reconduit à ses frontières à bord d'un avion Charter et de retrouver les bourreaux et 'affameurs' d'un régime dont il avait voulu se débarrasser.

Cette formulation évite de nommer la vérité: Les jeunes visiteurs sont ainsi pris non seulement entre les eaux, entre les frontières, mais se trouvent entre deux types de bourreaux et d'affameurs. L'Europe tire sur les demandeurs d'asile. Elle tue les jeunes africains soit par les armes à feu soit en les laissant se noyer dans la mer. Ce sont des ennemis à abattre. Ils représentent, du simple fait de leur négritude, une menace. L'Armée de l'Union Européen et les avions de guerre sont envoyés aux frontières pour stopper l'Ennemi, le „Demandeur d'asile".

C'est là un exemple concret du calvaire de nombreux jeunes qui quittent l'Afrique pour s'installer en Europe. Ils fuient la misère et la torture qui sont devenues monnaie courante sur leur terre natale. Ils en ont raz le bol. Ils sont fatigués de supporter l'indignité. Mais comme jadis au temps de la Traite, les soldats, les policiers, les canons, les avions de guerre et les bateaux de troupes d'intervention rapide les attendent à la frontière, voire à chaque sortie de la Grande-Gorrée.

Les rescapés qui finissent par gagner „l'Eldorado de leurs rêves", une invention médiatique, produit de leur imaginaire manipulé, n'ont pas souvent la vie facile. Tout est entrepris pour les décourager et pour décourager les associations qui tentent de leur venir en aide.

Une idéologie xénophobe, mieux l'imaginaire fondamenta-lement xénophobique et anti-nègre entretient sur les Africains des mythes et des clichés ridicules qui n'ont rien de commun avec l'image de marque des sociétés dites démocratiques. Il est pratiquement défendu d'aimer et d'aider les Noirs en Europe. Il est cependant permis de distribuer les somnifères en vue de camoufler la brutalité de la guerre que l'Occident mène contre les Africain(e)s.

Ce dernier temps, des joueurs africains de football en Espagne et en Italie font l'objet d'injures qui rappellent l'âge de la traite et de la colonisation. Et des personnes en attente de régularisation assimilent leur situation à celle d'un nouveau type de „prisonnier". Les savants africains sont généralement sans boulot, à moins d'accepter de trahir d'une manière ou d'une autre l'Afrique.

Il est faux de dire que les jeunes africains ne voyagent hors du continent que pour aller „manger les mânes du ciel". Il faudrait noter que ce sont les lois xénophobiques et anti-nègres qui contraignent beaucoup de jeunes explorateurs ou touristes africains à introduire à la frontière ou à l'aéroport une demande d'asile. Un proverbe Luba dit à ce sujet: *Bwa kudya katwakadi kwenda, twa kalwa ku kolela ku kafuku ku byanza* (Si c'était pour manger, nous n'aurions jamais voyagé <=quitté la terre natale> pour aller grandir là où on donne des miettes dans la main). Cela veut dire que les Africains ont toujours voyagé non pas pour manger, mais pour découvrir et explorer le monde. Ils savent que là où ils vont, ils vivront exclusivement des miettes.

Ils savent aussi que *Kwa bende nkulu kwa muci*, « Être à l'étranger ou être chez l'autre, c'est être au-dessus d'un arbre ». Celui ou celle qui est au-dessus d'un arbre ne peut n'a pas beaucoup de liberté de mouvement. Il ne peut ni se mouvoir ni courir comme celui ou celle qui a ses deux pieds sur le sol. Ses mouvements comportent beaucoup plus de risques que les mouvements de celui/celle qui est en bas. Le maître de la terre peut, s'il le veut, scier l'arbre qui abrite l'étranger.

L'Africain(e) a peur d'aller vivre en Occident et a peur pour ses enfants qui partent pour cet étrange Étranger. Le problème est que la dévalorisation de la vie humaine et le mépris de l'autre canonisés par les films, la télévision et la pratique politique –de

18

l'Extrême Droite par exemple- conditionnent aussi négativement l'imaginaire africain.

L'imaginaire est ce qui existe dans l'esprit de chacun(e), féconde sa pensée, ses actes et ses projets. Il est le lieu où chacun emmagasine des images ou des représentations mentales chargées de joie ou de peine, d'amour ou de désespoir, etc. C'est un „modèle directeur" d'une pensée et un soubassement où l'on puise ses motivations et ses engagements. C'est pourquoi la main mise sur l'imaginaire collectif d'un peuple est le secret de tout domination durable d'une culture sur une autre, d'une religion sur une autre.

Les paragraphes précédents nous annoncent la confrontation entre deux imaginaires:

1° L'Imaginaire E qui est le faisceau d'images de l'Europe sur l'Afrique et dont le rôle est de neutraliser l'éthique, le bon sens et la pensée critique dans la représentation occidentale ou néocoloniale de l'Afrique. C'est de cet Imaginaire néo-colonial que nous parlons lorsque nous affirmons: Le schéma résultant de l'expérience coloniale est loin d'être enviable dans la mesure où celle-ci a inoculé en Afrique des représentations mentales intériorisées qui ont développé la perte de confiance en soi ou le complexe d'infériorité. Les dictatures qui la prolongent font émerger notamment la peur, la perte du sens du bien commun qui mènent à des conduites d'irresponsabilité et de repli sur soi.

2° L'Imaginaire A qui est le réseau d'images rectrices et réctificatrices de la perception africaine de l'Occident et qui sera le moteur de la Renaissance Africaine. L'imaginaire A est celui de l'Image que nous voulons donner de nous-même ou que l'Afrique veut donner d'elle-même. Il comprend aussi notre propre représentation du monde, de l'Occident et de limites que l'Occident se doit de respecter dans son commerce avec l'Afrique.

Pour le moment et cela depuis le 19ème siècle, c'est l'imaginaire E qui domine la vision africaine du monde et de ses cultures. La situation africaine est encore plus complexe que celle des autres pays. Dans les pays asiatiques, l'Imaginaire E est en confrontation permanente avec l'Imaginaire A. Ce dernier est fécondé par les Religions Orientales : Bouddhisme, Hindouisme, Judaïsme, Islam,

19

ligions Orientales : Bouddhisme, Hindouisme, Judaïsme, Islam, etc. En Afrique, par contre, l'Imaginaire A est un pur projet. La Religion dominante est le Christianisme dans sa version occidentale de la période des croisades et des conquêtes.

Le futur „sera le moteur" veut dire qu'il est temps de jeter les bases d'un nouvel imaginaire susceptible de développer des images dynamiques qui permettent la refondation de l'Afrique et des peuples nègres. Il est stratégiquement indispensable de nous construire l'imaginaire qui nous est propre et qui nous permet de promouvoir l'excellence et l'invincibilité dans tous les domaines.

C'est un travail de longue haleine qui sollicite un commencement. Et ce qui commence est souvent déviant et marginal. Ce qui se joue est sans précédent dans l'histoire des mélanodermes colonisés par l'Occident.

Il faut s'engager avec espérance sur la voie du rêve d'un autre monde pour affronter les défis de l'Afrique et de toute la planète. On ne peut rien faire sans espoir, en se cantonnant dans la mélancolie, l'indifférence ou la résignation. La grandeur de la cause nègre doit nous donner le courage, la volonté et l'espérance d'un nouveau matin du monde. C'est la raison d'être de ce livre dont la présente introduction met le doigt sur les écartèlements de l'homme africain en quête d'un refuge à travers le monde, qui constituent, dans une large mesure, une base de réflexion dans cette étude.

Le premier chapitre de notre ouvrage met en évidence les raisons de la fatigue de l'Africain et mène une réflexion qui délégitime les sources inspiratrices de l'état d'épuisement qui ronge les forces vives du continent noir[8]. Le deuxième chapitre est un plaidoyer en

---

[8] Dans une réflexion qui se lance à partir de l'Afrique, il peut paraître étonnant de remarquer que le Congo est un cas de figure emblématique. Ce qu'il faut dire à ce sujet, c'est qu'il s'agit de notre pays d'origine que les études scientifiques considèrent comme étant le lieu du décollage du développement de l'Afrique. En outre, la place du Congo dans le devenir de l'imaginaire de l'Afrique n'est pas négligeable. En dépit des dérapages politiques, la philosophie de l'authenticité prônée au Congo est redécouverte à travers le monde noir.

faveur d'un nouvel imaginaire africain dont nous voudrions présenter le profil. Le troisième chapitre est une version *luba* de l'enjeu de l'ensemble de l'ouvrage et de ses en-dessous théologiques. Il est écrit en Luba.

CHAPITRE I:
FATIGUE DE L'AFRICAIN

Nous utilisons le mot „fatigue" pour décrire une situation, celle de l'épuisement, du raz le bol et de la révolte des Africains qui historiquement niés dans leur humanité constatent que leur identité fait encore l'objet de mépris, de soupçon et de torture dans des contextes nationaux et internationaux où des régimes politiques internes instrumentalisent leur existence tandis que les concepteurs et exécutants d'idéologies néo-libérales et autres les jettent chaque jour à la poubelle de l'histoire. Le plus dramatique dans nos pays, c'est de constater que nos peuples font le diagnostic de la situation, mais ils se sentent condamnés à l'impuissance. La faim les a vaincus. La guerre les a mentalement, spirituellement, moralement épuisés.

Faudrait-il qu'il en résulte l'immobilisme, la paresse, la fatalité, le défaitisme? Cette question nous préoccupe tout au long de notre ouvrage. Mais à quoi est due la fatigue de l'Africain? La réponse à cette question relève, à notre avis, du registre descriptif et réflexif. Nous nous proposons de la développer au préalable à la lumière de la littérature romanesque avant de valoriser la médiation de la sociologie dont l'usage est loin d'être rare. Les raisons du choix d'une littérature romanesque méritent une explication. Il s'agit d'une option qui se justifie par le fait que le roman incarne une puissance du mode d'appréhension du réel. On ne le dira jamais assez: la littérature constitue un pouvoir. „Par ses images, ses symboles, sa musique, ses rythmes, elle a la puissance d'évoquer pour nous les possibilités d'existence que notre monde ou notre société ne réalise pas. Elle nous fait sentir que nous pourrons être autres que nous ne sommes, que les choses pourraient se passer autrement qu'elles ne se passent dans notre milieu, dans notre société, dans notre monde. Ce qui est arrivé aurait pu ne pas arriver. Ce qui va de soi, ce qui va sans dire, qu'on qualifie de normal et de naturel, l'est seulement en vertu des habitudes, de la paresse, du conformisme de la pensée et du cœur. Il l'est du fait de la peur et de l'esprit de soumission"[9].

§ I. LA CHORALE DES MOUCHES[10]

La Chorale des mouches est un roman qui explique à sa manière le drame continental en témoignant de la décrépitude qui touche des pays africains laminés par des régimes sanguinaires et la démission des cadres africains.

Le titre *La Chorale des mouches* laisse présager le noeud d'un problème ici imagé par la Chorale des mouches, car il n'est de chose plus désagréable que d'assister au bourdonnement d'un nombre élevé de mouches. Il s'en dégage une sensation de désunion, de méli-mélo, d'imbroglio. Ce problème constitue la clé même du déroulement de l'intrigue. Le titre est déniché à la fin de l'histoire pour expliquer la confusion et l'amalgame d'une conférence nationale censée poser les bases d'une société démocratique. La débâcle fut telle qu'elle a constitué un rendez-vous manqué au regard des enjeux politiques, économiques et culturels qui se présentaient à la classe politique du pays.

Comme on le voit, *La Chorale des mouches* est un titre riche de sens. Le mot „chorale" renvoie à un ensemble de personnes qui d'habitude exécutent par l'émission d'une ou de plusieurs voix des œuvres musicales. Ce qui suppose logiquement un certain ordre dans l'émission de la voix dont les membres de la chorale doivent tenir compte. Cependant le mot „mouches" qui est le complément du terme „chorale", donne à penser qu'on est en présence d'une chorale de mouches. Les mouches étant des bêtes que l'on ne peut domestiquer ne peuvent émettre des sons de manière ordonnée. En outre, le bourdonnement d'une mouche n'est point agréable, car il suscite de la part de celui qui l'écoute de la lassitude et de la fati-

---

9 EBOUSSI BOULAGA, F., *A contretemps: l'enjeu de Dieu en Afrique*, Paris, Karthala, 1991, p. 110.
10 KADIMA-NZUJI, M., *La chorale des mouches. Roman*, Paris-Dakar, Présence Africaine, 2003.

gue. Et combien à plus forte raison serait-il d'un ensemble de mouches?

L'histoire du roman se déroule dans un pays africain imaginaire, nommé la République de Kulâh. Elle évoque les années de l'accession à la souveraineté nationale de la plupart des pays africains (1960) et le début des tentatives de démocratisation des années 90.

Le personnage principal est un certain Samuel-Joseph Tchebwa, alias „ Samy-Jo „ pour les intimes. Il est un modeste fonctionnaire à la Banque populaire de Musoko, la capitale du Kulâh. Il fait face à un problème qui le conduira à l'intérieur du pays, à la recherche de son cousin, Ben Moy, Umwé, dont on n'a plus de trace dans la capitale. En effet, frustré par ses conditions de vie misérables dans la capitale, il avait décidé d'aller tenter sa chance à l'intérieur du pays. Et là il s'allie à la rébellion „ des hommes singes „ qui combattent le pouvoir en place à Kulâh.

Il a comme compagnons de voyage un cul-de-jatte, une amie de longue date de Ben Moyi, Umwé, dont „ Samy-Jo „ a fait la connaissance. Ensemble, ils entreprendront le voyage pour la province de Muvema. N'ayant pas retrouvé Ben, ils retournent à Musoko. Malheureusement, sur la route de retour, ils connaîtront un accident de la circulation qui coûtera la vie au cul-de-jatte.

Remis de l'accident, Samy Jo se lie à l'infirmière qui l'a soigné, une certaine Chancelvie, dont il ignorait le lien de parenté avec un certain surnommé „ Mao „, le responsable numéro un de la sécurité du pays, et à ce titre, le bras droit du président de la république du Kulâh, Oré-Olé, qui a la réputation d'un cruel et d'un sanguinaire. Avec la complicité d'un ministre, ami de Mao, Chancelvie arrache un mariage forcé à Samy-Jo. A la faveur de ce mawape, Samy-Jo est nommé d'abord aux fonctions d'administrateur général adjoint de la Banque populaire de Musoko et ensuite d'administrateur délégué général à la suite d'une vacance laissée à ce poste par son prédécesseur, tué dans un accident d'avion.

Ayant découvert, par la suite, la relation incestueuse qui existe entre Chancelvie et son oncle Mao, Samy-Jo refuse de consommer

24

son mariage avec Chancelvie et divorcera d'avec elle, profitant de la tenue de la Conférence nationale qui avait fortement affaibli le régime en place.

Décidé de combattre désormais ce dernier, Samy-Jo crée un journal „ Notre pays „ qui dénonce régulièrement la mauvaise gestion de la chose publique par les différentes autorités du régime. Puis viendra un article qui lui vaudra la prison.

Cet article, en effet, révélait que la nouvelle compagnie d'aviation, Ben Airways, avait été créée avec les fonds de l'Etat. Dans l'entretemps, Ben était revenu dans la capitale à l'insu de son cousin. Oré-Olé, contraint par le principe de la géopolitique qui s'imposait, misa sur Ben en lui proposant d'être à la tête de ladite compagnie d'aviation, mais dont le bénéficiaire ne restait que lui-même.

La conférence nationale s'était achevée dans un méli-mélo assourdissant et le régime d'Oré-Olé, plus présent que jamais, s'était raffermi. Fort de cela, Oré-Olé avait ordonné ainsi l'arrestation de Samy-Jo dont le dévouement avait constitué une menace contre son pouvoir, à travers des articles audacieux, dévoilant la mauvaise gestion des affaires de l'Etat.

Cet intrigue qui met en scène les réalités de l'Afrique peut susciter également une réflexion sur les métiers du pousse-pousseur, des vidangeurs, des vendeurs à la sauvette, qui montrent les difficultés à trouver du travail et favorisent le nomadisme urbain et, dans certains cas, la fuite des cerveaux. Ces métiers cohabitent avec ceux des „évolués" et des bénéficiaires de nouveaux pouvoirs. On l'a dit, notre évolué est „cadre dans une banque". Ce personnage central, pris dans ses contradictions, à la recherche de son cousin Ben, est l'occasion pour l'auteur de faire une critique acerbe du goût des élites pour les modes de vie occidentaux et les marques de luxe (parfum, voiture…), la débauche et le dévergondage effréné. Il est pétri de „culture occidentale" tel ce qu'on nomme un nègre blanc. Aussi, les prisons et sa cohorte de pressions, d'arrestations, de disparition dégagent-elles l'odeur d'une atmosphère africaine empoisonnée par le banditisme au sommet des Etats.

Ce roman donne effectivement l'occasion de se rendre compte d'une tragédie qui nécessite une recherche d'alternatives menée par des acteurs qui se retrouvent, en définitive, „entre les eaux", loin des repères essentiels d'une civilisation qui devrait gagner le pari de la justice et du bonheur. Il se révèle être à la fois une photographie de la catastrophe politico-économique africaine et de l'écartèlement des peuples africains depuis de longues années. Mudimbe y avait consacré une œuvre intitulée: *Entre les eaux*[11].

§ II. ENTRE LES EAUX

Le prêtre Pierre Landu est le personnage principal du roman de Mudimbe qui porte le titre *Entre les eaux* et permet de mettre en lumière le tiraillement des populations d'Afrique. Elève appliqué, il fut envoyé en Italie pour poursuivre ses études. Le milieu le fascine:

„Je n'aime pas mon Afrique. Je ne l'aime plus. J'ai savouré la douceur des yeux parcourant la neige. D'un climat inépuisable, la séduction. Les chaleurs de Rome me poussaient vers les lacs lombards. La lumière transparente, sensuelle. Varèse. Biandonno. Monato, Comabbio... J'en étais devenu prisonnier. Six ans d'Europe, je n'avais vu pratiquement que l'Italie. Un séjour rapide à Londres pour suivre des cours d'été et cultiver les automatismes de la langue anglaise. J'avais rappliqué, quatre semaines plus tard, pour refaire des pèlerinages sur l'Isola Bella, l'Isola Madre, et me vautrer dans la prière charnelle de la terre." (p. 83)

Au terme de brillantes études de théologie en Europe, Pierre Landu rentre au Congo à la veille de l'indépendance. La collaboration entre l'Eglise et le pouvoir colonial lui apparaît comme une chose normale. L'indépendance serait une œuvre de Satan. Les structures de l'Eglise de son pays ne lui posent aucun problème. Il s'y complaît:

„Chez moi, au village, nous mangions une fois, en fin d'après-midi, lorsque les parents revenaient des champs. Cela me semblait

---

[11] MUDIMBE, V.Y., *Entre les eaux*, Paris, Présence Africaine, 1973.

si naturel, si logique, qu'à mon arrivée au petit séminaire, je fus presque scandalisé: quatre repas par jour. Avec quelles moqueries hypocrites ne parlions-nous pas de ces Révérends Pères flamands qui nous engraissaient littéralement! Le sacerdoce? Une véritable vocation de cochon, disait mon condisciple Jacques Matani. Il s'y est si bien adapté! Aujourd'hui, il se repose sans doute, paisiblement dans sa cure, promenant à l'heure fixe son impudique embonpoint entre la chapelle, son bureau et la sainte salle à manger" (p. 9).

Mais progressivement, il change d'avis. Il se trouve devant un dilemme: soit il continue de soutenir l'Eglise et le pouvoir colonial, soit il s'engage aux côtés des siens pour lutter contre la colonisation. Il juge sévèrement l'Eglise. Un jour, il écrit à son évêque:

„Il y a un an, vous m'envoyiez reprendre contact avec le peuple de Dieu, afin que je sois prêt à être l'âme de cette foule, comme vous me le disiez. J'ignore la responsabilité que vous me réserviez après ce vicariat. Mais à Koloso, le Seigneur m'attendait… La misère de mon peuple m'a dessillé les yeux, et maintenant je n'ai plus qu'un rêve: saluer la naissance de structures sociales un peu plus pures dans lesquelles le Seigneur n'aurait ni la figure d'un banquier, ni le visage sculpté par la civilisation (occidentale)" (p. 106).

A une personne qui lui reproche de vouloir être perfectionniste, Pierre Landu répond:

„Non, voyons. Je veux participer à l'implantation de la justice. Dieu existe. J'aime les hommes. Les morts et les vivants. Surtout les vivants, ceux d'aujourd'hui. Toi, les autres. On combat ici pour un monde meilleur. Une révolution… Vois-tu, un chrétien devrait être en état permanent de révolution. Je veux simplement être un chrétien (…). Antoinette, je suis ici parce que je ne peux plus composer avec un passé inutilement compromettant pour le Christ et que, malheureusement, nombre des membres de mon Eglise incarnent encore. Surtout dans notre pays. En restant avec eux, dans leurs structures, je trahis. Et puis, comment vivre en paix sans être de ceux qui veulent, en vérité, en acte, faire triompher la justice?" (p. 26-27)

Pierre Landu ne rejette ni son sacerdoce ni son appartenance à l'Eglise catholique. Il veut être un prêtre africain proche de son peuple:

„Je voudrais participer à la création des conditions nouvelles pour que le Seigneur Jésus ne soit plus défiguré. Il nous console dans nos afflictions afin que nous soyons en état de consoler en vivant avec ceux qui sont dans la peine. Je ne peux plus hésiter. Rester ici, à la paroisse, serait trahir ma conscience d'Africain et de prêtre. Je choisis le glaive et le feu pour que, dans un cadre nouveau, les miens Le reconnaissent comme le leur." (p. 24)

Il entre dans le maquis tout en restant prêtre. Mais ses camarades „marxistes" le soupçonnent de travailler pour l'Etat colonial. P. Landu ne s'habitue pas à la mort des personnes causée par d'autres maquisards: „Ils ont fusillé quelqu'un. Par bonheur, je me rends compte que je ne m'habitue pas. Ou pas encore" (p. 73). Il ne se familiarise pas avec une vie sans déjeuner à l'omelette, ni repas abondants et variés de la paroisse.

Il finit par abandonner la vie du maquis et se marie. Le mariage échoue. Il entre dans un monastère. Pour lui, la vie monastique est „faite de formules magiques sans éprouver ni joie, ni prix, ni bonheur". La décision de devenir moine constitue un aveu de la perte de l'identité d'un personnage tiraillé de toutes parts, passant d'échec en échec. Le prêtre Landu le constate avec amertume:

„Je refuse à tout prix de violenter cette étroite certitude que je suis une haine effroyable. L'abandonner serait tuer l'homme. Au profit de qui? Le nègre en moi mourra de sa belle mort. L'universitaire pro-marxiste s'est dilué dans la tentation de la chair. Ma haine seule survit dans et avec la complicité des mots. Un bonheur triste, mais au moins assuré. Je vois venir les heures comme des regards polis. Je me contemple, me juge et me condamne. Consommer cette torture dans l'abnégation totale de moi, l'offrir au Dieu lointain et invisible de mes rêves d'enfant pauvre, telle est la perversité de ma Foi. La distance gardée pour m'appréhender comme traître pourra-t-elle me sauver?" (p. 187).

Il apparaît que les écartèlements du personnage principal du roman de Mudimbe incarnent la complexité de la personnalité africaine et de la réalité du monde noir. Ce qui préoccupe Pierre Landu, c'est essentiellement la situation de son peuple, celle d'une identité déchirée, d'une misère sociale qui contraste avec l'Evangile. Son entrée dans un monastère est l'expression d'un échec cuisant et de l'incapacité d'aider les siens à en venir à bout de souffrances. En lui, par lui et avec lui, c'est tout le peuple africain qui nage *entre les eaux*, ballotté entre son africanité et la modernité occidentale. Errance totale aggravée par le temps post-colonial au cours duquel l'Africain se trouve martyrisé sur sa terre natale par les gouvernants locaux dont le désordre s'accorde avec l'image de *La Chorale des mouches*, jugé encombrant et rejeté par l'Occidentdont les frontières sont verrouillées! Ce qui lui vaut, malheureusement, d'être traité d'"émigré", d'"immigré", de „demandeur d'asile", de „réfugié", de „sans-papiers", de „clandestin". Autant de termes utilisés dans un contexte où les pays du Nord font des migrations un problème sécuritaire.

Mais des Africains lassés de promesses non tenues de leurs chefs n'ont pas peur des fils barbelés ou des mesures draconiennes destinées à arrêter leur quête de „bonheur" en Europe. Il s'en suit un cri de colère, leur cri de colère suscité par la mort, la torture et les malheurs dont ils sont victimes sur le chemin d'un certain Eldorado. Autant dire qu'on assiste à une grammaire et une anthropologie de la colère propres à une jeunesse négro-africaine capable d'un jugement critique face à une division internationale du travail qui réduit l'Afrique à la production des matières premières. Peut-être fallait-il passer par un chemin de croix pour prendre la mesure de ce que les „immigrés" appellent „hypocrisie européenne et responsabilité africaine".

Faut-il s'empêcher de dire que ce drame historique renforce les réflexes de subordination, le complexe d'infériorité et le mépris de soi? N'y a-t-il pas lieu de parler également d'un exemple typique de l'aliénation culturelle? Edem Kodjo fait de celle-ci une description suggestive qui devrait le pousser à se remettre lui-même en question: „Imitant à tous les niveaux la culture des autres, se for-

29

geant à tout prix l'image d'autrui, faisant de sa personnalité au plan psychique, psychologique, intellectuel, culturel et moral, le reflet de l'étranger, s'étant doté de systèmes sociaux d'inspiration étrangère, ballotté entre l'Est et l'Ouest, l'Africain croit trouver sources et ressources pour son esprit dans un mimétisme qui fonde et valide une société de déréliction"[12].

Ce constat se rapproche de la symbolique du magistère traditionnel africain qui accuse les Africains qui ne maîtrisent ni leur propre culture ni celle de l'étranger, mais ressemblent à une image courante dans la tradition *luba* : *lukuyi wa ba mpuku wa ba nyunyi, manya kwenu*. *Lukuyi* est un nom attribué à une espèce de chauve-souris qui se présente à la fois sous la forme de rat et d'oiseau, si bien que ni les oiseaux ni les rats n'arrivent à l'intégrer volontiers parmi eux. Mais lui fréquente les uns et les autres avec le même enthousiasme, qui gêne un peu les autres sans qu'ils le lui confessent toujours.

On a affaire à une situation équivoque, ambiguë, celle-là même qui caractérise la vie d'un peuple qui ne peut se tirer d'affaire à partir de son lieu propre. Un texte, d'origine Yaka au Congo, le signifie finement selon le génie de la philosophie africaine:

„Que je monte en haut,
que je descende en bas
je me retrouve toujours dans le panier.
Quel est ce mystère?
Dieu répond:
'Quel est l'animal qui a les pattes accrochées dans les brindilles
et sa tête en bas'?
L'oiseau ngundu se tait.

---

[12] KODJO, E., *Et demain l'Afrique*, Stock, Paris, 1983, p. 151. Le jeune philosophe Bayamba vient de m'écrire les lignes suivantes: „le 'nègre' devenu fataliste à cause des échecs et des humiliations doit croire en une victoire possible. Son malheur aujourd'hui est d'avoir perdu sa dignité, 'non parce qu'il est pauvre et qu'il mendie, dirait Hannah Arendt, mais parce qu'il mendie précisément auprès de ceux qu'il devait combattre et parce qu'il mesure sa pauvreté en vertu des critères de ceux qui y contribuent'".

Placé malgré tout dans un panier, tissé par qui ? En tout cas tenu par des mains qu'il ne peut contrôler, l'animal s'ébroue. Il n'arrive point à s'échapper du panier. Il pense qu'il y a un maléfice (mystère)qui bloque ses efforts. Ayant fait appel à Dieu, celui-ci lui fait penser à un animal équivoque. Un animal dont Dieu lui décrit les caractéristiques. C'est son ambiguïté qui le paralyse. Dans l'entretemps, un animal non ambigu se tait; il contemple le stupide en train de se débattre en vain. Cet animal c'est l'oiseau *ngundu*, en *kiyaka*. L'équivoque c'est l'intellectuel *bounty*, c'est-à-dire une espèce de chocolat, foncé dehors mais blanc au-dedans"[13].

A la lecture des récits sur l'itinéraire des jeunes „immigrés" ou „clandestins", on remarque que ces derniers sont le reflet d'un homme *entre les eaux*, d'une espèce de chauve-souris à la fois sous la forme de rat et d'oiseau, d'un peuple qui se retrouve toujours dans un panier, c'est-à-dire enchaîné, enfermé dans une grille. On ne prétend pas avoir assez dit sur la complexité de la vie des populations africaines errantes, à la recherche des „ingrédients du bonheur" que ne peuvent offrir les dirigeants locaux qui ont perdu tout le sens du bien commun. Leur démarche vers l'Europe se solde par un échec parce qu'elle ne semble pas compatible avec le droit à la mobilité humaine inscrit dans l'article 12 de la Déclaration universelle des droits de l'homme. On dirait que le temps est venu de jeter à la poubelle la réalité des migrations internationales devenues clairement permanentes et de durcir les mesures de fermeture et de contrôle des frontières. Pourquoi, diable, l'Afrique ne peut faire la même chose à cette heure de la reconquête historique et brutale de son être? La question mérite d'être posée.

Ceci dit, le parcours des „clandestins" pose, selon quelques penseurs d'Afrique, un problème de „désintégration" ou du „manque de transmission des cultures africaines" et de la „désorientation incroyable de la personnalité des jeunes Noirs africains". „C'est d'abord la culture qui est en jeu; car c'est elle qui donne des raisons majeures d'espérer, de lutter, et d'aimer le milieu où l'on vit. Et c'est ici qu'il y a lieu de souligner l'importance des traditions

---

[13] Traduction assurée par le Prof. Mufuta Kabemba.

religieuses africaines comme lieux majeurs des nœuds vitaux qui engendrent l'espoir et nourrissent le désir de vivre; ce sont elles qui attisent et réaniment l'amour de l'environnement vital africain"[14]. Il faut le dire avec force. La culture doit être perçue comme „le socle de la vie individuelle et collective; plus qu'un facteur de socialisation, plus qu'un lieu de mémoire et d'identité, plus qu'un outil éducatif et ludique, elle véhicule l'image qu'un peuple a de lui-même et génère des utopies qui orientent sa créativité techno-scientifique, ses rapports à la nature et à l'au-delà[15]. Ces propos rejoignent l'idée de l'importance d'un mythe fondateur qui motiverait la mobilisation des Africains à partir de leur promontoire et jouerait un rôle de catalyseur des consciences à l'heure où le discours de l'annihilation anthropologique refait surface dans la vie courante et les milieux politiques occidentaux.

§ III. ELOGE DE LA NEO-COLONISATION?

Il serait faux de croire que l'expérience de l'immigration „choisie" à la française n'a rien à voir avec une réédition de la colonisation que semblent confirmer les programmes de bienfaisance d'une Union Européenne sans cesse préoccupée de ses intérêts en Afrique.

Il convient d'inviter tout le monde à relire et à méditer l'enjeu de la situation coloniale afin de s'interroger avec justesse sur le caractère positif que la France a voulu lui reconnaître à travers un projet de loi. G. Balandier, sociologue français à qui l'on doit ce concept, le définit de la manière suivante: par situation coloniale, il faut entendre „la domination imposée par une minorité étrangère 'racialement' et culturellement différente, au nom d'une supériorité raciale (ou ethnique) et culturelle dogmatiquement affirmée, à une majorité autochtone matériellement inférieure; la mise en rapport de civilisations hétérogènes: une civilisation à machinisme, à éco-

---

[14] F. KABASELE, *Renouer avec ses racines. Chemins d'inculturation*, Paris, Karthala, 2005, p.45.
[15] MUKENDI, P., *La culture, un combat existentiel*, in *Enjeux internationaux*, n° 10, Bruxelles, 2006, p. 6.

nomie puissante, à rythme rapide et d'origine chrétienne s'imposant à des civilisations sans techniques complexes, à économie retardée, à rythme lent et radicalement 'non chrétiennes'; le caractère antagoniste des relations intervenant entre les deux sociétés qui s'explique par le rôle d'instrument auquel est condamnée la société dominée; la nécessité, pour maintenir la domination, de recourir non seulement à la 'force' mais encore à un ensemble de pseudo-justifications et de comportements stéréotypés, etc" [16]. Ainsi perçue et analysée, la situation coloniale met en présence d'une société dualiste et dichotomique. L'on a, d'un côté, la société colonisée dont les ébranlements culturels constituent un grave défi à la postérité, et, de l'autre, la société coloniale forte de sa supériorité politique, économique et spirituelle[17]. L'on retrouve ici ce qu'on a appelé le „trinôme colonial", à savoir: a) l'administration coloniale qui régente le pays suivant les principes de la politique coloniale; b) les sociétés commerciales qui assurent l'exploitation économique et commerciale au profit de la métropole; c) enfin les „missions chrétiennes", chargées quant à elles, de la conversion des âmes[18].

Le cas du Congo qui fait partie intégrante du projet colonial a ceci de particulier qu'il met en lumière la pratique d'un holocauste oublié et éclaire sur une indescriptible destruction de la mémoire d'un peuple. Il mérite une attention particulière d'autant plus que le développement de l'Afrique est objectivement envisageable à partir de ce sous-continent. De nombreux spécialistes qu'il devient inutile de citer dans cet ouvrage remettent en cause les rapports historiques du Congo avec la Belgique. Ce géant au cœur de l'Afrique a d'abord été une propriété privée du Roi Léopold II. A en croire les historiens tels qu'Adam Hochschild[19], la période léopoldienne est apparue comme un „holocauste oublié", un temps

---

16 BALANDIER, G., *Sociologie actuelle de l'Afrique noire. Dynamique sociale en Afrique Centrale,* 2è éd., Paris, P.U.F., 1963, p. 34-35.
17 Cf. *Ibid.,* p. 17-20.
18 Cf. Card. MALULA in *L'Eglise des cinq continents. Principaux textes du synode des évêques,* Paris, 1975, p. 218. L'allusion est faite au synode de 1974.
19 *Les fantômes du roi Léopold II. Un holocauste oublié,* Paris, Ed. Belfond, 1998.

néfaste de destruction de la vie des Congolais au nom d'un projet civilisateur. Les intérêts commerciaux ont commandé la violation de la personne humaine congolaise qui souffre encore aujourd'hui des blessures psychiques causées par l'ordre léopoldien. L'ère léopoldienne a cassé la mémoire du peuple congolais.

L'Etat Indépendant du Congo n'a pas apporté la preuve de sa volonté de changer cet état de choses. La description de la situation coloniale faite par G. Balandier s'applique à la situation d'un Congo réduit à l'état instrumental, privé de toute dignité et de toute initiative historique, installé dans un manque total de confiance en lui-même. La brutalité de l'entreprise coloniale au Congo et dans d'autres pays d'Afrique a eu pour conséquence la construction des sociétés incapables de se prendre en charge. Comment peut-on alors s'étonner de l'esprit moutonnier qui caractérise plusieurs Congolais? La poursuite du système de domination pendant le règne de Mobutu jusqu'à ce jour n'a pas pour but d'instaurer un nouvel ordre mental. Seul le peuple a la responsabilité de faire le deuil colonial et d'imposer des limites aux sirènes de la néo-colonisation.

Ceci étant, on pourrait nous reprocher de méconnaître les bienfaits de la colonisation en Afrique. Il s'agirait d'une invitation à reconnaître, selon la logique de la France, le rôle positif de la colonisation. Nous voudrions faire justice à l'histoire en évoquant deux niveaux de perception de sens pouvant aider à faire une appréciation objective de la situation coloniale. Le premier niveau est celui de la micro-dimension qui rend manifestes les intentions des acteurs et engage leur responsabilité dans les actes. Le second niveau concerne la macro-dimension ou le niveau du système sur lequel on conseille d'asseoir l'étude critique du passé colonial. A ce niveau, il ne nous paraît pas judicieux de faire l'éloge d'un système enraciné dans la logique de l'exploitation et de la paupérisation anthropologique. Des personnes individuelles qui ont mis en place les structures de mort et communié à ce système assument une grave responsabilité devant l'histoire.

La mondialisation est une forme de cette colonisation qu'on ne saurait nier. Nous sommes entrés dans une nouvelle ère de l'histoire de l'humanité. Il ne s'agit pas d'une nouveauté. La colonisation avait représenté, à sa manière une première forme d'uniformisation du monde. Le mouvement colonial placé sous l'étendard de l'or et ou du caoutchouc, de la religion ou de la civilisation, est comparable dans ses effets à ce qui se produit aujourd'hui à Wall Street ou à Bruxelles. La différence réside dans le fait que la mondialisation atteint les moindres recoins de la société en faisant fi de la souveraineté des peuples, de la diversité des régimes politiques et culturels. Notre profond malaise, comme celui de beaucoup, à l'égard de cet état de choses, tient au fait que la pensée et la parole sont monopolisées en haut lieu et par les seules grandes puissances occidentales. Réduire la perception de la réalité à une seule saisie, prônée, voire imposée d'autorité, ne nous paraît pas digne de la condition humaine. Comment ne pas s'essouffler devant une éthique du capitalisme qui n'éprouve aucun scrupule à recourir à la violence, à l'exclusion, à la guerre, au chômage si le profit l'exige?

La pire des choses, c'est de vouloir que les générations présentes et à venir reconnaissent le rôle positif de la colonisation et de la mondialisation dont nous venons de présenter un portrait condensé. En dépit de quelques bonnes intentions individuelles, une histoire de conquête ne mérite pas d'éloge. C'est la raison pour laquelle il nous a paru opportun d'en dégager les lignes de faîte à la lumière de G. Balandier afin de permettre aux hommes de bonne foi de se forger une opinion équilibrée et raisonnée. Ce qu'il faut retenir, c'est qu'il est difficile de comprendre la crise africaine sans faire référence au commerce des ressources humaines acheminées vers l'Europe, l'Amérique et les Antilles, ainsi qu'à ce qu'on a appelé la situation coloniale dont les prolongements ne suscitent le doute que dans un contexte de mauvaise foi, de xénophobie, d'épistémophobie et de pathologie intellectuelle notoire.

A force d'être à la fois victimes et témoins de ces expériences indignes de l'humanité, bon nombre d'intellectuels africains de la diaspora se sentent essoufflés, mais décidés d'en finir avec des schèmes surajoutés du dehors. N'est-ce pas un signe de fidélité à la sagesse des anciens? „Avec une hache d'autrui, on ne peut défricher tout un champ"; „Avec la femme d'autrui, on ne peut résoudre le problème de son célibat". C'est là tout l'enjeu d'une autre vision du monde à partir de son lieu propre qui implique non seulement la dimension géographique, mais aussi une configuration des modèles, une structuration et une restructuration d'un cadre de référence propre à un peuple.

La diaspora africaine forcée à l'exil est consciente des exigences de ce combat au cœur d'un monde où s'agrandit l'espace de la haine de l'étranger.

§ IV. HAINE DE L'ETRANGER. UNE ACTUALITE QUI INTERROGE AU CŒUR DE L'EUROPE

Le 11/05/2006, le Royaume belge a été secoué par un crime raciste perpétré contre une femme du Mali abattue froidement dans la ville d'Anvers par un skinhead. Une petite fille dont la femme malienne était *baby sister* a perdu la vie au cours de ce drame. Il s'en est suivi une suite de réactions aussi bien radicales, mitigées que discrètes. Cet acte ignoble d'élimination physique de l'autre - des communautés d'origine africaine en l'occurrence – ainsi que d'autres agressions avérées à caractère raciste suscitent au moins la question de l'héritage que l'on voudrait léguer à la postérité: celui de l'inégalité des races ou de la fraternité universelle?

Ce langage de l'exclusion de l'autre et de la haine de l'"étranger" n'est-il pas une perversion radicale de la Parole de Dieu? Il est drôle que des sociétés se réclamant de l'héritage biblique puissent offrir au monde un spectacle si hideux. Faut-il penser que le point de vue biblique ait été assimilé et intériorisé par les peuples d'Europe qui nient la création de Dieu? De l'avis de certains penseurs africains, la Bible dont l'Europe se prévaut inspire un commentaire averti qui pousse à reconnaître que les hommes sont tous des migrants et des étrangers. Explicitons.

Ce qui constitue le peuple de l'Alliance dans son identité et sa différence, c'est l'adhésion au choix que le Seigneur a porté sur lui;

36

c'est le choix de quitter l'univers de la convoitise, de la domination et de la compétitivité: „Quitte ton pays... Tu ne convoiteras pas". Voilà une migration incessante à laquelle chaque être humain se doit de communier: „Nulle part chez lui, sinon en lui, il est perpétuellement en quête d'une 'terre' meilleure, vraiment humaine où la convoitise serait maîtrisée et où la justice habiterait" (He 11, 14-16; voir Ap 21).

Celui qui sait que l'étranger c'est lui, ne fait plus de distinction entre l'autre dont la ressemblance apparente inspire confiance et l'autre dont la différence trop évidente fait peur. Aussi, se trouve-t-il accordé à tous les étrangers et migrants, prêt à reconnaître en eux des sœurs et des frères.

Expression typique de l'expérience du peuple de Dieu intérieurement étranger et migrant, cette vision globale est formulée en termes concrets dans la législation. Ainsi:

> „Le Seigneur votre Dieu est le Dieu des dieux et le Seigneur des seigneurs, le Dieu est grand, fort et terrible, qui n'a pas de favori et ne prend pas de pots-de-vin. Il fait droit à l'orphelin et à la veuve et il aime l'immigré en lui donnant du pain et un manteau" (Dt 10, 17-18).

> „Tu ne détourneras pas le droit d'un immigré, d'un orphelin" (Dt 24, 17).

> „Un seul droit sera pour vous pour l'immigré il sera comme pour l'autochtone, car c'est moi le Seigneur votre Dieu" (Lv 24, 22).

Pour leur part, les prophètes n'ont pas cédé au jeu de la convoitise. Qu'il s'agisse d'Ezéchiel ou d'Isaïe, le message proclamé a la même force d'interpellation: „l'étrangeté de l'élu qui est renoncement à la convoitise pour faire place à autrui en valorisant sa liberté et son altérité".

La méprise d'une civilisation fondée sur ces données de l'anthologie biblique révolte les communautés de la diaspora des pays dits du Sud qui se sentent parfois affaiblis et épuisés par les problèmes de survie et le spectacle hideux du viol de l'être africain dans le monde. C'est ce qui explique le sens de l'appel que nous avons lancé aux nègres de Belgique:

„Nous avons suffisamment pris conscience des formes de modernisation de notre annihilation anthropologique. A cet égard, il importe de savoir qu'il n'y a pas de traitement de faveur qui nous sera accordé quel que soit le poids de notre fardeau. Nous ne serons jamais un enjeu capital pour les sociétés occidentales dirigées politiquement par la droite ou la gauche. Alors que faut-il faire?

Nous avons intérêt à constituer des forces de coalition qui imposent des limites au discours et à la pratique des marchands de la mort.

Nous devons organiser une journée du souvenir pour rendre hommage à ceux qui nous ont offert la chance d'exister jusqu'à ce jour, pour puiser dans notre histoire les énergies qui nous rendent capables d'inventer des formes de dissuasion et d'indocilité au milieu des caïmans de tous bords et pour retrouver notre capacité de rebondir.

Il est temps d'apprendre à nos enfants la vraie histoire de l'Afrique qui ne commence pas au XIXè siècle et de leur enseigner les valeurs d'édification d'un univers meilleur à habiter. On leur permettra ainsi d'être en communion permanente avec leurs racines qui se composent notamment des leçons d'insubordination face aux tueurs à gage et au banditisme sous toutes ses formes. Il n'y a pas de thérapie sans un regard sur le passé qui constitue une condition de l'avenir.

Former une génération qui se nourrit de nos traditions de résistance dans un monde où l'on croit – à tort – que la loi du plus fort est toujours la meilleure. Il s'agit de résister à la résignation et à la capture de la volonté africaine de faire advenir un autre monde qui s'accorde avec la logique altermondialiste.

Lieux de ce nouvel apprentissage pour tenir la mort à distance: les familles, les A.S.B.L., les écoles et institutions académiques privées, le livre, la musique, le cinéma, la radio, la télévision, l'Internet, organisation des forums sociaux, etc"[20].

§V. L'AFRIQUE OU L'EXPÉRIENCE D'UNE PAROLE CONFISQUÉE

Des Africains publient des travaux sur la pensée occidentale dans laquelle ils ont été et sont formés depuis de nombreuses années. Mais ils n'ont pas la prétention de maîtriser la réalité occidentale. Par contre, des africanistes occidentaux donnent souvent l'impression que l'Afrique est une réalité facile à manier. Des voyages de circonstance amènent certains Européens à publier des livres sur le continent noir et à en dégager une connaissance „quelconque", nous plongeant ainsi dans l'univers épistémo-logique d'un certain „quelconquisme"[21].

Dans les lignes qui suivent, nous avons l'intention de mettre le doigt sur l'une ou l'autre publication des africanistes qui simplifient un monde complexe ou raffolent de l'image d'une Afrique-cauchemar. La réflexion critique qui en résulte n'en demeure pas moins l'expression d'un raz le bol.

A. COMPRENDRE L'AFRIQUE (R. LUNEAU)

L'histoire quotidienne des populations africaines incite à déployer un effort de compréhension de l'Afrique. Ce à quoi s'emploie R. Luneau dans un ouvrage récent[22]. C'est là un projet ambitieux.

Nous aurions aimé ne pas écrire une ligne sur notre impression qui se dégage de la lecture de ce livre si un problème fondamental n'était pas en jeu : l'avenir de l'Afrique millénaire. Nous apprécions la généreuse intention de l'A. de situer en plein cœur des problèmes de santé, de sorcellerie et de sécurité, d'inviter à tenir compte des traditions qui refont surface et de mettre en relief

---

[20] Ce message a été publié sur notre site www.kwetukundela.com
[21] Nous empruntons cette expression à Bimwenyi Kweshi.
[22] LUNEAU, R., *Comprendre l'Afrique*, Paris, Karthala, 2002.

l'audience que le Dieu Créateur mérite dans un contexte où se bousculent tradition ancestrale et modernité occidentale.

Luneau sait que l'Afrique souffre d'une grave crise économique. Impossible d'en saisir les contours en échappant au regard des masses affamées et des sociétés meurtries par de longues années de guerre. Le lecteur a l'occasion de déchiffrer également des réalités perceptibles dans les villages et les villes africains, celles du crocodile et du hibou, des mangeurs de vipère et de revenants. „Des choses lues et dites", souligne le dominicain français, à tout le moins étranges pour les Européens qui, cependant, ne réussissent pas complètement à s'en libérer dans leur propre univers. Qui oserait nier la coexistence d'un monde dit 'rationnel' et de celui que l'on nomme 'irrationnel' (pour qui ?) au Nord comme au Sud ou, si l'on veut, plus au Sud qu'au Nord ? Faut-il dire que la sorcellerie relève de l'imaginaire ? „Affirmer qu'elle n'existe pas, c'est nier tout simplement et avec naïveté le rôle de la perversité dans le monde. Sans pouvoir s'en expliquer la plupart du temps, celui qui interprète son mal en terme de sorcellerie sait et sent qu'il est pris dans un véritable système (…). La sorcellerie comme système, avec son antidote, la 'contre-sorcellerie' est peut-être l'une des parades les plus anciennes de la société pour se donner un comportement viable devant la menace du mal pluriforme dont elle se sent porteuse" (cité p. 172). Il s'agit là de „l'une des parades les plus anciennes de la société". Peut-on croire que Luneau a voulu prendre ses distances par rapport à De Rosny en affirmant „qu'on n'a pas pour (…) rendre compte (de la sorcellerie et de ses méfaits) d'autres savoirs que ceux que l'on a reçus des Anciens" (p. 182) ? Un penseur africain recourt à une autre compréhension des pratiques sorcières, celles-là même qui se révèlent être des pouvoirs occultes nuisibles à la vie. Ceux qui s'y livrent, c'est bien sûr des hommes forts d'Afrique et d'ailleurs qui cultivent la jalousie et la haine. C'est aussi „des marchands d'armes qui fomentent des guerres dans le monde, des „ tueurs à gages" payés par la mafia pour tuer". Ils ont de quoi se nourrir. Ils jouissent d'une certaine sécurité. Est-ce pour autant qu'ils ont tourné le dos au mal et à l'injustice ? Loin de là. Même en Afrique – aussi bien hier qu'aujourd'hui –

la sécurité alimentaire et sanitaire ne garantit pas la fin de la haine ou de la jalousie caractéristique du monde des sorciers. L'A. de *Comprendre l'Afrique* y croit-il en écrivant ces lignes : „(…) je ne suis pas loin de croire que tant que n'auront pas été satisfaits de manière durable certains besoins premiers : la nourriture, la santé, la sécurité, l'homme africain, quand bien même il serait chrétien depuis plusieurs générations, sera toujours tenté de revenir à la tra-dition des Anciens comme ce fut autrefois le cas dans nos sociétés rurales „ (p. 183).

Ces considérations n'en demeurent pas moins tributaires d'une conception linéaire de l'histoire. Elles rappellent aussi la pensée d'A. Comte. Sans oublier Lévy-Bruhl qui s'est heureusement ré-tracté dans une œuvre posthume.

Ceci étant dit, *Comprendre l'Afrique* est un ouvrage qui se réduit un peu trop à une compilation de récits sur la sorcellerie, la magie, les rêves et les forces secrètes ou étranges. Pourtant, son auteur est capable de lui imprimer une autre une orientation. Ce qui gêne et énerve l'Africain averti, c'est cette simplification de son univers.

Lorsqu'on se penche sur l'histoire des sociétés africaines et la culture de mort qui la marque, la compréhension du continent noir invite à prendre la mesure de la complexité d'une réalité difficile à manier et des exigences de rigueur qui devraient traverser de part en part tout travail de décryptage.

Nous aurions voulu que l'Afrique soit comprise en tenant compte du fait que „si une Afrique est par terre, il y en a une autre qui se relève „ par son esprit d'entreprise, l'organisation inventive des communautés, le dynamisme des femmes sur lesquelles repose une grande partie de l'économie, l'insubordination et l'indocilité des communautés de la base face au dispositif institutionnel des préda-teurs de l'Etat post-colonial et de tant de mouvements spirituels qui portent aujourd'hui l'avenir de l'économie néo-libérale dans les pays du Sud.

Comprendre l'Afrique devrait consister aussi à faire une lecture à nouveaux frais de l'histoire continentale confrontée à une nouvelle version de la traite. Une analyse de l'état des rapports sociaux s'impose dans un monde où le capital mondialisé ne cesse de faire la loi.

B. AFRIQUE-MOUROIR DE TOUS LES ESPOIRS? (S. SMITH)

S. Smith a publié en 2003 un livre intitulé *Négrologie. Pourquoi l'Afrique meurt?*[23] Il présente l'image d'une Afrique qui est devenue un „mouroir de tous les espoirs", une „terre de massacres et de famines", le berceau de l'humanité devenu „un tombeau pour tant d'hommes, de femmes et d'enfants"[24]. „Le présent n'a pas d'avenir en Afrique"[25]. C'est ce que l'A. a eu l'ambition de démontrer. Pourquoi l'Afrique meurt? La responsabilité incombe aux Africains eux-mêmes qui attendent sans cesse la manne du ciel des anciens colonisateurs et s'enlisent dans les tics régressifs d'une identité indélébile, d'un passé idyllique. C'est cela la négrologie: „une série de mythes dérivés de faits historiques avérés - la traite esclavagiste et le colonialisme - selon lesquels tous les malheurs du continent plongent leurs racines dans ces tragédies : ainsi, les Africains seraient victimes, et jamais acteurs, de leur destin"[26]. Sont également responsables du suicide du continent africain, les Occidentaux qui ne disent pas la vérité aux Africains qu'ils savent pourtant condamnés[27]. L'entrée dans la modernité et la mondialisation est une solution[28]. Sinon l'Afrique ne cessera pas d'apparaître comme le tombeau d'une certaine idée de l'homme.

A la lecture de l'ouvrage pessimiste de S. Smith, une idée nous intéresse. En effet, le pire qui puisse arriver à un pays, c'est d'"être comblé de fonds d'assistance"[29]. A cause de ces dons du ciel, un peuple ne sera pas en mesure de subvenir lui-même à ses besoins. Il se familiarisera avec la logique du court terme ou de la satisfaction des besoins immédiats et quotidiens en renvoyant ainsi la solution des problèmes aux calendes grecques. Il développera en outre des réflexes de subordination et s'enfoncera dans le gaspillage de l'argent qui ne lui a rien coûté.

---

[23] Livre paru aux éditions Calmann-Levy à Paris, p. 13.
[24] *Ibid.*, p. 227.
[25] *Ibid.*
[26] Propos de S. Smith paru dans L'*Express* du 27/11/2003.
[27] Smith, S., *o.c.*, p. 23, 230-231.
[28] *Ibid.*, p. 228-230.
[29] *Ibid.*, p. 111.

Nul ne doute de ce constat de Smith à moins de ne pas faire une lecture objective de la réalité africaine. Seulement, voilà. L'organisation du monde est faite de manière à entretenir cette situation de perfusion financière et à condamner des peuples entiers à respirer au rythme des diktats de ceux qui ont philosophiquement, politiquement et économiquement pensé et structuré la marche de l'histoire humaine. Peut-on en venir à bout de la souffrance si le développement se conçoit en terme d'assistance dans un contexte où les plus forts savent construire la pauvreté? Le problème ne se situe-t-il pas ailleurs que là où le limite le système international? Ecoutez J.-M. Van Parys: „Nous avons mené, de nombreuses années, une réflexion sur le Développement. Nous avons tenu des colloques et des congrès. Nous sommes témoins d'expériences. Nous avons fait des constats, heureux et malheureux, sur un grand siècle de changements, positifs et négatifs, sur ce qui a été réalisé en matière de développement et sur les efforts vains et les espoirs déçus. Après tout cela, j'en suis venu, pour ma part, comme pour d'autres, à la conclusion que le Développement de l'Afrique noire est beaucoup moins, à l'heure actuelle, une question de compétences et de capitaux, qu'une question de Moralité et d'Ethique. Et j'en viens à penser qu'une fidélité, non pas tant à des pratiques anciennes, vues dans leur matérialité, qu'à l'esprit qui les animait, peut jouer un rôle positif dans le redressement des égarements moraux, et dans le Développement"[30].

Nous sommes de plus en plus convaincu que S. Smith et les intellectuels africains qu'il met en honneur (A. Kabou ou A. Bembe) n'ont pas conscience du caractère fondamental de l'enjeu culturel. B. Bujo pourrait les sensibiliser à la portée du concept de paupérisation anthropologique (E. Mveng) qui situe en plein cœur de la recherche des causes profondes de la souffrance des peuples africains. Dans les drames du continent, „l'Africain est réduit au rang de non-personne (…). C'est pourquoi il faut aller au-delà des ques-

[30] VAN PARYS, J.-M., *Foi chrétienne et Développement, in Tradition, Spiritualité et Développement.* Actes de la XIIIè Semaine Philosophique de Kinshasa (du 5 au 11 avril 1992), Kinshasa, Facultés Catholiques de Kinshasa, 1993, p. 57.

tions économiques pour comprendre l'effondrement des bases culturelles de sa personnalité. La reconstruction dont on parle doit commencer par ce fondement culturel"[31]. Il faut aller au coeur du drame dont „le nœud est le conflit entre la modernité européenne et la culture africaine". Le conflit israëlo-palestinien, la guerre en Irak, le terrorisme comprennent des aspects autres qu'économico-politiques. Particulièrement depuis les événements du 11 septembre 2001, ces réalités poussent les Occidentaux à chercher à comprendre le fond de la culture arabe (...). Il ne faut pas s'arrêter aux symptômes pour soigner la maladie; il faut étudier les racines profondes de la crise"[32]. On le sait: „(...) ceux qui tirent les ficelles de la crise congolaise manipulent surtout les éléments culturels : ils transforment l'esprit de famille, l'appartenance ethnique en népotisme, ethnicisme, intolérance... et exploitent ainsi les régions embrasées. Ces aspects négatifs sont portés au grand jour au détriment des aspects positifs sur lesquels il faut compter pour reconstruire"[33].

Bien comprises, ces considérations constituent une légitimation des tentatives destinées à donner sans cesse à la culture le rôle qu'elle mérite dans le développement de l'Afrique. Dans certains milieux intellectuels du continent, cela ne fait l'ombre d'aucun doute. A en croire certains penseurs, jamais auparavant la sensibilité culturelle ne s'était déployée avec autant de vigueur dans le devenir des peuples. En Afrique comme ailleurs, elle apparaît généralement comme une dimension constitutive du développement. Mgr Munzihirwa Mwene Ngabo (R.D. du Congo) souligne qu'"il n'y a pas de développement sans fidélité à soi-même, c'est-à-dire, à sa personnalité profonde, sa personnalité de base"[34]. Dans son hommage à C.A. Diop, J.-M. Ela reprend à son compte la pensée de l'historien sénégalais pour qui la question des langues est liée à

---

31 *Reconstruire l'Afrique à partir de la culture? Entretien avec le Prof. Bénézet Bujo*, in Telema, n° 114, avr.-sept. 2003, p. 54.
32 *Ibid.*, p. 55.
33 *Ibid.*
34 Mgr MUNZIHIRWA, M.M.N., *Traditions culturelles et développement socio-économique*, in Zaïre-Afrique, n° 240, décembre 1989, p. 533.

45

celle du pouvoir. Il pense que lorsqu'on amène des peuples à renoncer à leur langue, „on facilite ainsi l'abandon, le renoncement à toute aspiration nationale chez les hésitants et on renforce les réflexes de subordination chez ceux qui étaient déjà aliénés"[35]. Et le développement s'en trouve compromis. Une certaine conception de celui-ci explique l'échec des prévisions économiques dans le Tiers Monde[36]. Elle peut aussi provoquer la réaction de l'Afrique dans la mesure où il s'agit de la reproduction du capitalisme occidental[37].

En dépit de tout ce propos mûri de l'intelligentsia africaine, Smith se croit obligé d'affirmer que l'Afrique se victimise et accuse les autres. Pour l'A., le peuple africain est responsable de sa mort. Il est temps de mettre fin à une double hypocrisie: „celle des Occidentaux qui, par culpabilité historique ou veule désintérêt, ne disent pas la vérité aux Africains qu'ils savent pourtant condamnés, à moins qu'ils ne cessent leur œuvre collective d'autodestruction; celle des Africains, bien conscients de leurs limites, mais qui, ju-

---

[35] ELA, J.-M., *Cheikh Anta Diop ou l'honneur de penser*, Paris, l'Harmattan, 1989, p. 111-112.

[36] Le professeur congolais Yoka Lye Mudaba fait un constat et une réflexion : „Pendant longtemps, le concept de développement a été lié à la seule prospérité économique, conditionnée elle-même, d'un côté par une productivité intensive (…), mais d'un autre côté par une industrialisation massive et lourde à l'intérieur de 'plans' fortement encadrés par l'Etat-Providence… En réalité, les prévisions purement économiques ont échoué… Une question reste pour le Tiers-Monde, et particulièrement pour l'Afrique: comment tant d'énergies, tant de pouvoir et de génie culturels investis politiquement pour la décolonisation n'ont pas réussi à trouver des stratégies originales de développement économique?" (YOKA, L.M., *La décennie mondiale du développement culturel: ses objectifs et les stratégies possibles*, in *Zaïre-Afrique*, n° 231-232, janvier-février 1989, p. 5). Lors de la décennie du développement culturel, le 21 janvier 1988, Javier Perez de Cuellar, ancien secrétaire général de l'O.N.U. affirme: „Le bilan de la première décennie du développement et les résultats encore provisoires de la décennie nous ont enseigné que, si certains objectifs que s'étaient fixés la communauté internationale n'ont pu être atteints, c'est entre autres raisons parce qu'on avait sous-estimé dans bien des projets de développement l'importance du facteur humain, ce réseau complexe de relations et de croyances, de valeurs et de motivations, qui forme le substrat même d'une culture" (cité par L.M. YOKA, *art. cit.*, p. 5).

chés sur leur 'dignité d'homme noir' et, en cela, aussi racistes que l'ont été certains colons, rejettent toute critique radicale pour ne pas perdre la pension alimentaire qu'ils tirent de la coulpe de l'Occident"[38].

A. Kabou vient au secours de son argumentation. Mais l'un et l'autre oublient que l'Afrique a raison de refuser le développement conçu dans des officines extérieures par ceux que J. Ziegler appelle „les nouveaux maîtres du monde"[39]. Ils n'imaginent pas à quel point l'évacuation de l'univers symbolique des peuples entraîne aujourd'hui le rejet de toute tentative de démocratisation imaginée par les forces du marché. L'évangile de la compétitivité[40], selon la terminologie de R. Petrella, provoque des ravages indescriptibles dont A. Kabou et S. Smith devraient prendre conscience. „Le vrai problème est de savoir quel est ce 'développement' que refuse l'Afrique (...). Quand on voit que de nombreux Africains gardent un pied dans la 'modernité' et l'autre pied dans le milieu coutumier où jouent les logiques indigènes, l'on en vient à se demander s'ils ont assumé l'économie moderne à l'occidentale avec ses contraintes sociales, son éthique et sa finalité. Comment accepter le 'développement' si celui-ci se confond avec les mécanismes d'inégalité et de domination dont le coût est si élevé que l'Afrique ne peut que s'en écarter?"[41]. Qu'on le veuille ou non, la marche actuelle du monde sous le parapluie de la mondialisation – économique s'entend - est une pilule amère à avaler.

Bien sûr, on aurait souhaité que cette mondialisation contribue à l'accélération des échanges entre les peuples et à l'amélioration des conditions de vie au niveau planétaire. Les attentes sont déçues. L'on assiste chaque jour à la croissance d'un marché unique dominé par la loi du plus fort.

---

[38] SMITH, S., *o.c.*, p. 23.

[39] ZIEGLER, J., *Les nouveaux maîtres du monde et ceux qui leur résistent*, Paris, Fayard, 2002.

[40] PETRELLA, R., *L'évangile de la compétitivité*, in *Le nouveau capitalisme*, in *Manière de voir* 72 (Le Monde Diplomatique), déc. 2003-janv. 2004, p. 45-47.

[41] ELA, J.-M., Afrique. *L'irruption des pauvres. Société contre Ingérence, Pouvoir et Argent*, Paris, L'Harmattan, 1994, p. 135-136.

En Afrique, la dette extérieure, les guerres et les conflits autour des ressources minières entraînent la diffusion anarchique du dollar. Lorsqu'on demande à un Congolais comment il se porte, la réponse est spontanée: „ au taux du jour", c'est-à-dire selon le taux du dollar. Dans d'autres pays africains, c'est la même chanson. C'est l'un des effets de la globalisation. Les théoriciens de ce processus pensent que l'esprit communautaire et solidaire est un frein à l'augmentation de la production et à l'initiative privée. L'essentiel est la recherche inconditionnelle du profit. C'est là l'éthique du capitalisme qui n'hésite pas à recourir à la violence et à la guerre lorsque le profit l'exige.

L'intégration de l'Afrique à ce marché mondial a toujours accentué la marche à reculons des populations locales. Le continent noir est une terre où l'on investit le moins possible pour produire de plus grands bénéfices.

Dans ce contexte d'un marché total, l'Etat africain déjà miné par des désordres internes se révèle de plus en plus incapable de satisfaire les besoins de son peuple en matière de santé, d'éducation et d'infrastructure de base. Les mesures d'ajustement structurel imposées par les bailleurs de fonds internationaux ne sont pas de nature à rétablir l'autorité de l'Etat. La dépendance économique aggrave les difficultés de création d'une société où règnent la démocratie, la justice et le droit.

Au vu de ce qui précède, la globalisation apparaît en Afrique comme un fruit amer. Partout, le monde d'en bas en convient.

Mais Smith n'en tient pas compte. Il est déjà convaincu du fait que le développement, l'Etat, le rang du continent dans le monde, même la santé publique ou l'éducation nationale, ne sont pas en Afrique, le souci du plus grand nombre. C'est „une affaire de Blancs", selon son expérience de l'Afrique facile à manier par le regard occidental[42]. Mais il ne cherche pas à connaître les raisons de cet état de choses en Afrique francophone. Comme si, à la suite d'A. Kabou, il dispose d'assez d'ingrédients pour préparer le dis-

---

[42] SMITH, S., *o.c.*, p. 230.

cours de la dénonciation d'une Afrique qui refuse le développement.

En fait, voici la thèse de S. Smith: „Au lieu de s'épuiser à vouloir rattraper les 'maîtres de la terre', hier les colons, aujourd'hui les 'mondialisateurs', les Africains se sont enfermés dans un passé réinventé et idéalisé, une 'conscience noire' hermétiquement scellée. Aussi longtemps que persistera ce refus d'entrer dans la modernité, autrement qu'en passager clandestin ou en consommateur vivant aux crochets du reste du monde, il faudra aviver la blessure, plonger la plume dans les plaies ouvertes de l'Afrique"[43].

De mémoire d'homme, nous n'avons jamais appris que l'Afrique a choisi, de son propre gré, la voie de la modernité. C'est de manière brutale qu'elle y a été introduite. Elle est forcée à séjourner éternellement dans cette demeure au cœur d'un monde où les super-puissances ont du mal à croire que l'évolution de l'histoire est dialectique et non linéaire. Pourquoi ne s'est-elle pas encore développée? Le temps est venu de dénoncer avec vigueur les dégâts de l'ajustement structurel, de s'en prendre à l'aide internationale, en partie „abandonnée à des groupes mafieux", de recommander de „ne pas se laisser enfermer dans le réductionnisme économiciste", un réductionnisme qui fait de l'éducation et de la culture les deux grands oubliés des politiques de développement, au même titre d'ailleurs que le secteur de la santé, frappé de plein fouet par les politiques de privatisation[44].

S. Smith n'a que faire de ces considérations, à ses yeux, irresponsables. Il s'appesantit sur le „syndrome de victimisation". Il écrit: „L'histoire du continent, pour nombre de ses habitants, n'aurait été qu'une succession de crimes commis à leur égard, un cycle spasmodique de souffrances, sans répit et… sans responsabilité de leur

---

[43] *Ibid.*

[44] *A quand l'Afrique.* Un ouvrage coédité par les Presses universitaires d'Afrique (Cameroun), éd. Éburnie (Côte d'Ivoire), éd. Jamana (Mali), éd. Gandal (Guinée), éd. Ruisseaux d'Afrique (Bénin), éd de l'Aube (France), éd. Sankofa & Gurli (Burkina Faso), Ed. d'en bas (Suisse). Le texte repris se trouve sur le dos de la couverture du livre cité.

part (…). La réalité est pourtant autre: ce sont des Africains qui ont vendu d'autres Africains, leurs frères"[45]. A ce propos, une double critique s'impose: la première, c'est que l'A. ne semble pas voir à quel point la rue en Afrique est devenue depuis les années 90 en particulier, le lieu d'expression de la colère populaire face à la dictature des dirigeants locaux. La conscience politique n'est pas aujourd'hui un vain mot. Elle peut être illustrée par le développement de mouvements de révolte et d'opposition dans toute l'Afrique. A notre niveau, nous sommes engagé dans la même perspective d'insurrection des consciences.

C. EXEMPLE D'INSURRECTION: ACTE DE NAISSANCE DU C2R

Il suffit pour s'en rendre compte de l'*Acte de naissance du Collectif pour la rupture et le renouveau au Congo* (**C2R**) qui s'est révélé être un appel d'un groupe d'intellectuels patriotes congolais (-C2R-). En voici l'essentiel:

I. Ce qu'est notre constat

Un peuple condamné à la pauvreté

La misère dans laquelle croupit notre peuple se traduit par une longue liste de souffrances et de manques. Sans être exhaustifs, on peut citer l'absence d'équipements sociaux collectifs, -formations médicales et hospitalières ainsi qu'impossibilité d'accéder aux soins, écoles capables de performances et chute du niveau de l'enseignement, de la formation et de l'éducation, absence d'infrastructures routières et d'autres types de communication, l'inexistence ou l'interruption prolongée des prestations constitutives de la qualité de la vie comme l'électricité et l'eau potable-, la décrépitude de nos villes et de nos centres, la mort de nos villages, la pauvreté de l'administration et de toutes les structures étatiques condamnées à la paralysie faute de moyens, la désarticulation des structures et du tissu économiques traditionnellement dominés et

[45] SMITH, S., *o.c.*, p. 86.

entraînés par un important portefeuille aujourd'hui inexistant de l'Etat, le travail forcé et l'esclavage moderne imposés aux travailleurs du secteur public régulièrement laissés sans salaire, la dilution de l'autorité de l'Etat, l'insignifiance du rayonnement de notre culture, de nos arts et de nos lettres qui avaient leurs quartiers de noblesse, la soumission et la mise de notre pays sous une quasi-tutelle de type néo-colonial, l'apathie et la passivité des masses, et d'autres situations encore. Cet état des choses n'est pas uniquement le fruit du sous-développement, ni de la fatalité, ni d'un destin particulier, ni d'origine congénitale, ni du hasard.

Un système politique et un leadership de prédation et d'exploitation

De fait, ce paradoxe d'un pays au potentiel des ressources naturelles et humaines incommensurables mais désespérément pauvre en lui-même et dans sa population, résulte d'un faisceau de facteurs: bien que paradoxal lui-même, le sous-développement est un fait incontestable, mais il n'a servi que comme terrain où a germé et est entretenue une politique consciemment conçue et mise en œuvre par une coalition de nuisance. Une entente maléfique existe en effet entre des puissances et des intérêts étrangers, d'un côté, et des intérêts égoïstes des dirigeants congolais qui se sont succédé à travers les différents régimes, de l'autre. C'est ce qui explique que le mobutisme, le kabilisme et le transitionnisme, caractérisés par la dictature ou le pouvoir personnel absolu, l'égoïsme et l'absence de valeurs morales de solidarité et de partage, ainsi que par la politique du ventre, ont transformé l'Etat et la société en une gigantesque mangeoire, à la fois banque, cuisine et table à manger personnelles privées de ceux qui s'étaient hissés au pouvoir.

Il en a pratiquement résulté la disparition de l'institution Etat et, avec elle, celle du sens de l'intérêt général et du bien commun entendu comme la prise en charge et la satisfaction par la communauté des besoins vitaux élémentaires de tous et de chacun. La férocité de l'appétit des prédateurs a transformé la gestion économique et financière en un véritable pillage systématique à l'organisation duquel le peuple congolais a assisté au grand jour.

La gouvernance de l'Etat n'exige plus des gouvernants compétence, probité, sens des responsabilités, sens de l'Etat et du service, mais elle est devenue un enjeu entre des groupes et des individus âpres au profit personnel, prompts à accaparer les biens et les moyens publics, et qui se sont déchirés dans les partages successifs d'un Etat devenu dépouille et butin de guerre pour ceux qui avaient recouru à l'usage des armes pour accéder ou pour s'accrocher au pouvoir. La logique du fusil et de la prédation s'est imposée parmi les dirigeants sans distinction de générations, jeunes comme vieux, nouveaux comme anciens, dans une impunité garantie, comme méthode ordinaire de gestion, réunissant autour du pouvoir ceux qui se retrouvaient comme rivaux dans les mêmes aspirations mais aussi dans les mêmes pratiques, ayant éloigné d'eux le peuple contre lequel ils se sont barricadés.

Ce leadership ainsi distant du peuple, est tout logiquement faible, méprisant, corrompu et versé dans la mauvaise gouvernance, sans culture ni principe ni ligne politiques, sans vision ni ambition pour le devenir du pays et de son peuple, incapable d'organiser la société et l'Etat selon les aspirations du peuple. Mais, complice et auxiliaire des intérêts extérieurs, organiques ou maffieux, qui ont installé une tutelle de type néo-colonial qui a mis en place les différents membres du système, ce leadership en reçoit un soutien sans faille dont il se vante ostensiblement, notamment contre les droits, les intérêts, les attentes et les demandes des masses et contre l'action du mouvement démocratique patriotique et populaire, les autorités de tutelle n'ayant pas, quant à elle, hésité à intimider et à menacer toute velléité populaire.

Une société impuissante

A cause de cette dynamique destructrice, toute la société est enveloppée dans des schémas suggérant l'impuissance, l'accoutumance à la médiocrité, la facilité, la superficialité, l'insignifiance, l'inorganisation, le vide de l'intelligence inventive et la stérilité intellectuelle, subissant un véritable conditionnement psychologique et matériel qui a fini par neutraliser les capacités créatives et réactives. Résignée et victime impuissante, la société est devenue un magma inerte et sans vie, elle ne ressent ni ne cultive plus la moindre tentative de résister ou de s'organiser pour inventer, par le renouvellement de son intelligence et de sa volonté, de nouvelles formes d'action et d'organisation qui replacent l'homme congolais au centre, au cœur de la société, comme maître du destin collectif.

L'inversion des valeurs, la promotion de non-valeurs et de contrevaleurs, l'exploitation, l'instrumentalisation et la paupérisation des masses y compris des jeunes abandonnés à eux-mêmes, ont fait disparaître tous les repères, les ont contraintes à l'auto dépréciation, à l'auto négation, au manque de confiance en soi, à l'apathie, à la résignation et à l'abdication de leurs droits et intérêts. Habituées aux privations et à l'indigence, les masses en sont arrivées à avaliser la normalité de l'anormal, à intérioriser une impuissance suggérée et entretenue et à se cloîtrer dans un pessimisme atavique et destructeur, favorisant ainsi les privilèges et les positions de domination des tenants du pouvoir.

Quant à l'élite intellectuelle, elle est, elle aussi, clochardisée et complexée matériellement par la dévalorisation du travail intellectuel, humiliée jusque dans ses fonctions de l'esprit et dans son savoir par la consécration de la médiocratie, savamment éloignée du pouvoir effectif d'Etat par les méthodes ploutocratiques de prise et de gestion du pouvoir en dehors des voies d'une gestion politique véritablement pluraliste, démocratique et rationnelle. Au point où l'intelligentsia congolaise en est arrivée à douter d'elle-même, à se croire impuissante, à accepter la condition qui lui est faite, à se résigner et à abdiquer sa mission de conscience, de vigile et d'éclaireur de la société, tandis que le besoin, exacerbé par l'ostentation ambiante, l'a jetée dans les bras des puissants dont elle devenait, par l'instrumentalisation, le complice et l'auxiliaire. Elle s'est de cette manière éloignée des masses qu'elle a abandonnées à la merci des exploiteurs et esclavagistes modernes qui ont confisqué la société, alors qu'elle avait, par la raison, le savoir, la clairvoyance et la conscience, plutôt vocation et devoir d'en être le défenseur.

Enfin, il y a lieu de déplorer ce ralliement aux puissants et au système en place de larges franges de ce qu'on appelle la société civile, d'une partie de l'aristocratie syndicale et de très nombreux „intellectuels", ralliement qui participe de la même logique du ventre qu'attise un pouvoir clientéliste et prébendier (…).

II. Ce qu'est notre sol

- Profondément interpellés par cette situation (…);
- Révoltés par l'esclavage néo-colonial accepté par des dirigeants complices et profiteurs;
- Ne pouvant tolérer la perpétuation d'un leadership abêtissant et borné, se nourrissant à la médiocratie, à l'égoïsme et à l'immoralité politique;
- Constatant l'incapacité d'une transformation éthique et politique ainsi que l'impossibilité absolue d'un renouveau des esprits, des mentalités et des comportements des acteurs et du système actuels;
- Convaincus de la nécessité, comme les seules justes en situation de sous-développement et de pénurie matérielle, d'une éthique politique et d'une politique morale,
- Conscients de la nuisance de l'ultra libéralisme dans lequel se précipitent des acteurs sans vision du monde ni ambition nationale collectives;
- Constatant l'incapacité du système en place à avoir une vision et une ambition pour un grand Congo, digne de son grand peuple, réalisant sa vocation naturelle à être, au cœur du continent, une grande puissance d'attraction et d'entraînement pour une Afrique prospère et respectée;
- Résolus à relever le défi des maîtres de l'esclavage moderne et de la néo-colonie qui pontifient à propos du devenir de notre pays et de son peuple, méprisant ses forces sociales et l'intelligence de ses enfants;
- Conscients que le Congo a les moyens matériels et humains de relever le défi de la mondialisation, du développement et d'un progrès social partagé;

- Considérant que la libération, le développement et le progrès ne seront atteints que par les efforts et par l'action des Congolais eux-mêmes, mus par l'amour de la patrie et se mettant résolument au service de l'intérêt général, bénéficiant d'une coopération internationale mutuellement respectueuse et mutuellement avantageuse;

- Estimant, dès lors, que, face à l'autisme d'acteurs politiques indifférents et de toute façon limités, la dénonciation et la protestation verbales du système ne suffisent plus;

- Constatant le pressant besoin d'un leadership politique de développement et de démocratie, enraciné dans les masses populaires;

- Résolus à, dès à présent, faire le mouvement de retour vers les masses congolaises ignorées, pour réveiller leur force créatrice de fer de lance de toute action transformatrice à la mesure de la gravité de la situation;

- Déterminés à réveiller les intelligences et rassembler les dévouements des Congolais de par le monde en vue de la refondation de république et de la démocratie pour le développement durable;

- Encouragés par la conscience politique exprimée par de larges franges des masses populaires lors de la campagne et du vote référendaires, mais aussi par l'éveil des consciences et du sens des responsabilités chez certains segments encore marginaux de l'élite intellectuelle congolaise;

- Convaincus qu'une coalition de vie et d'action entre les masses et des intellectuels conscients est la condition *sine qua non* pour la transformation sociale et politique dont notre pays a besoin;

- Réaffirmant notre fierté d'être congolais ainsi que notre attachement et notre loyauté à la Patrie, à la Nation congolaise et à la République;

Lançons un appel pathétique et patriotique à tous les membres de l'élite intellectuelle, particulièrement aux enseignants, professions libérales, chercheurs, cadres administratifs, dirigeants d'entreprises, religieux et cadres croyants, media, syndicats, artistes et pouvoirs traditionnels, désireux d'assumer enfin concrètement la mission que la raison, l'éthique, l'histoire, le patriotisme et la nécessité leur assignent auprès et au sein des masses populaires,

-travailleurs intellectuels et manuels, fonctionnaires, employés, chômeurs et sans-emploi, étudiants, élèves, jeunes désœuvrés-, en s'engageant:

Concernant le système politique en place:

1°) à se libérer des appâts et des miettes dispensés par un système prédateur, immoral et tentateur, en résistant à la puissance d'une opulence financière volée au peuple et à l'Etat pour en faire un instrument d'influence personnelle et de clientélisation;

2°) à rompre tout lien organique avec le système, ses méthodes et ses pratiques, sans idéal, sans éthique, sans foi et sans vision, en abandonnant définitivement l'illusion qu'il peut être transformé ou amélioré de l'intérieur sans un véritable renouveau des intelligences et des comportements;

3°) à continuer de réclamer l'avènement d'un Etat de droit (...).

Concernant la relation des intellectuels au peuple:

1°) à clairement choisir le peuple dont nous sommes tous, et non ses bourreaux qui ne sont qu'une poignée;

2°) à soutenir activement et concrètement les différentes couches de la population dans leur lutte pour se libérer de l'exploitation et pour imposer le respect et la réalisation de leurs droits civils, politiques, économiques, sociaux et professionnels;

3°) à conseiller ouvertement les travailleurs et les syndicats dans leur lutte et leurs différentes formes d'action syndicale en vue d'une juste et digne rémunération de leur travail;

4°) à conseiller et à encadrer les masses pour résister ensemble à des lois scélérates, injustes et immorales, à commencer par tous les instruments juridiques de promotion d'un pouvoir personnel et d'une prédation impunis;

5°) à soutenir les citoyens pour ensemble se libérer de l'obscurantisme où il est maintenu par l'intimidation et le charlatanisme, au sein d'officines d'instrumentalisa-tion que deviennent certaines „églises" se chargeant de répandre une mythologie messianique charlatanesque pour modeler et conditionner les masses au profit de leaders prétendument envoyés du Ciel, exploitant la vive croyance religieuse partagée par des millions de Congolais.

Concernant les relations avec la communauté internationale:

1°) à dénoncer la main-mise des maîtres du monde qui soutiennent sans réserve le système en place, faisant fi du besoin exprimé par les Congolais pour le bien-être et l'Etat de droit;

2°) à oeuvrer avec les femmes et les hommes de bonne volonté de par le monde, en vue de l'avènement d'un autre monde toujours possible;

3°) à faire face, par une coopération internationale mutuellement respectueuse et mutuellement avantageuse, aux manœuvres des forces négatives internationales, à relever le défi de la mondialisation, de la misère et de la pauvreté et à réussir le redressement du Congo comme une grande nation respectée et grande puissance régionale pilote du Continent.

Concernant l'avènement d'un nouveau système et d'un nouveau leadership:

1°) à militer pour l'avènement de nouvelles forces politiques aptes à s'inscrire dans la perspective d'une nouvelle vie politique, apaisée, participative et populaire, au lieu des groupements actuels ne rêvant que de reproduire le passé dictatorial, prédateuret belliciste;

2°) à favoriser l'émergence de forces politiques porteuses de politiques fondées sur la primauté et l'impératif du bien commun et d'une prospérité solidaire et partagée dans un vouloir vivre ensemble fondateur de la nation, au lieu de l'exclusion et d'une logique belliqueuse;

3°) à tout mettre en œuvre pour l'avènement d'un leadership d'excellence, par sa compétence et sa moralité.

Concernant la nécessité d'un cadre d'action organisée:

1°) à s'organiser d'ores et déjà, ensemble ou là où ils évoluent déjà, pour, par leur action collective et par une action d'appui complémentaire à celle des autres organisations sociales et politiques de progrès, aider et amener le peuple à mettre pacifiquement un terme dans un avenir proche au système qui est en train de se donner les moyens, par de nouvelles législatures arrachées aux citoyens par des élections arrangées, de se consolider et de devenir irréversible;

2°) à, ainsi, contribuer à inventer un autre système politique, moderne et performant, au service d'une gouvernance démocratique morale et sociale efficace au plan national et au plan local, dans des conditions de pluralisme et d'alternance politiques véritables;

3°) à demeurer résolument fidèles à cette ligne de conduite et d'action, campée dans la volonté d'être, aux côtés des citoyens moralement et politiquement revigorés, la force de la profonde transformation sociale aujourd'hui nécessaire, par l'éveil des consciences, la rupture du système et l'action créatrice.

A ces fins:

Les signataires du présent APPEL coordonneront leur action, en particulier au sein du Collectif pour la Rupture et le Renouveau (C2R) association sans but lucratif, comme mouvement des forces de l'intelligence pour la rupture en vue de la résurrection et de la renaissance de la Patrie.

Au terme de ces propos qui démontrent la capacité d'auto-critique que S. Smith ne reconnaît pas aux Africains, il importe d'adresser une deuxième critiqueà cet africaniste : que les Africains aient vendu leurs frères africains, c'est ce qu'on enseigne dans la diaspora noire (cf. Guadeloupe, Martinique). C'est ce que les Evêques d'Afrique et de Madagascar ont cautionné en demandant pardon à Gorée pour tous les actes de trahison posés par certains Africains à l'égard des leurs. Ce qui a fait dire à Mgr John Ricard, évêque de Pensacola en Floride: „Nous, vos frères évêques des Etats-Unis, descendants d'Afrique et membres de l'humanité blessée, nous

nous joignons à vous dans votre quête de pardon et de réconciliation pour le rôle joué par l'Afrique dans la déshumanisation et la mort de ses propres enfants"[46].

Niés dans leur humanité, réduits à l'état de sous-hommes, de quelle responsabilité parle-t-on au sujet des „à peine hommes", nos ancêtres? Sans armes à feu, pouvaient-ils opposer une véritable résistance? Ces questions posées dans certains milieux africains témoignent de la complexité d'un problème qui alimentera encore le débat des historiens. A moins de vouloir considérer la traite et la colonisation comme des accidents mineurs. Ce n'est pas notre conviction. Car l'histoire élémentaire apprend qu'en 1900, il y avait 100 millions de nègres alors que le nombre de ceux-ci s'élevait à 800 millions de personnes en 1600. L'anéantissement qui a ainsi réduit toute une population se passe de tout commentaire. Aucun peuple sérieux ne peut tenir le propos d'un partage des responsabilités quand il sait qu'il a été décimé par suite d'une conquête impitoyable.

Dans l'ouvrage intitulé *Négrologie*, les explications de la misère africaine sont simplistes. Elles évacuent l'importance de l'analyse au fur et à mesure que l'A. s'emploie à décrire des faits et à les expliquer sous la conduite d'une certaine historiographie et d'une conception désuète du développement des peuples. Elles promeuvent des clichés à répétition partagés par quelques élites qui ne rendent pas compte d'une Afrique plurielle. J.-M. Ela sait pourquoi on propage ces stéréotypes: „parce qu'on veut justifier le fait qu'on n'ait plus rien à voir avec les Africains. C'est un discours qui légitime le désengagement et qui délivre les occidentaux de leur culpabilité: celui qui considère l'Afrique comme malade d'elle-même évite de se mettre en cause lui-même". De véritables alternatives ne peuvent en résulter.

§VI. QUÊTE DES ALTERNATIVES

---

[46] Cité par MATHOUX, L., *L'Afrique demande pardon à l'Afrique*, in *Dimanche Express*, n° 1, janvier 2004, p. 5. Souligné dans le texte.

De grandes initiatives et des réalisations performantes marquent aujourd'hui l'évolution de l'Europe et de l'Amérique du Nord. L'intérêt qu'elles suscitent, l'influence qu'elles exercent et les débats même dont elles font l'objet, en sont d'incontestables signes d'émerveillement. Mais l'étonnement et l'inquiétude en découlent qui ne relèvent pas de l'accessoire, et risquent de prendre définitivement racine. Aussi, faut-il avouer que les temps actuels se caractérisent par l'ambivalence des sociétés occidentales. Un regard sur certains messianismes séculiers en dit long.

L'on se souvient de l'imagination d'un lendemain meilleur, sur la base de la supériorité de la race aryenne, au prix de l'extermination de tant d'hommes et de femmes. Hitler n'avait pas atteint un objectif méritoire au bénéfice du peuple allemand. Il méritait l'anéantissement.

L'histoire rappelle, en outre, une volonté affichée de faire advenir une société sans classes, juste et favorable aux prolétaires. Cette intuition par la suite conceptualisée ne put échapper au totalitarisme et à une élimination de ceux qu'on accusait d'être aliénés à leurs intérêts particuliers. Aucun futur heureux n'en fut issu.

C'est ce qui explique probablement les réticences à penser aujourd'hui des projets grandioses à partir d'un futur imaginé rayonnant, mais tyrannique. Le mythe nationaliste et démocratique n'engendre-t-il pas la démesure? Les conflits successifs dans le monde depuis le début des années 90 prouvent à suffisance que le discours sur le nationalisme a plutôt servi d'alibi à l'engagement éthique de l'élimination de l'autre dont on n'a pas la même religion, la même histoire, les mêmes croyances et les mêmes racines. Aussi, la quête effréné du profit est-elle devenue un prétexte permanent pour poser des actes indignes d'une civilisation de l'humanité et édifier une démocratie sur mesure.

L'Afrique n'est pas à l'abri de la chute des utopies. Elle glisse incessamment vers des formes d'optimisme ingénu, voilant ainsi le visage du vrai réalisme qui ne se cache nullement les déceptions alimentées par un discours désespérément idéal. Au moment où les Africains recherchent leur autonomie politique, économique, culturelle et religieuse, le bruit des armes, les dictatures, les puissances d'argent et la domination culturelle, hypothèquent l'aspiration des peuples noirs à l'exercice de leur souveraineté et de leurs droits et devoirs d'hommes. Ce qui constitue aussi une grave hypothèque, ce sont les compromissions flagrantes des communautés croyantes qui auraient dû permettre de rêver des sociétés que l'on appelle „le Règne de Dieu".

L'on assiste ainsi à l'histoire des espérances messianiques qui n'ont pas produit et ne produisent pas les effets escomptés. D'où l'importance de la pensée alternative capable de contribuer à la construction d'une logique qui s'accorde avec la recherche des fins sociales dans un contexte où le capitalisme financier se heurte à une perte d'audience à travers de vastes mouvements de résistance.

La perspective des alternatives conduit à tenter de faire une analyse des sociétés africaines différente des explications faciles de S. Smith. Pareille initiative devrait éviter de mettre entre parenthèses des traumatismes qui structurent la mémoire des peuples d'Afrique et permettent de comprendre leur fragilité caractérisée. Il n'est pas question d'oublier que les misères de l'Afrique tiennent pour une très grosse part à des causes externes. S. Smith peut-il prouver le contraire? Aucun agriculteur européen ne peut accepter que le prix de ses pommes de terre soit fixé à Dakar ou à Lomé[47].

S. Smith aurait mieux fait de tenir compte des critiques adressées aux Africains qui pensent également que l'Afrique se donne une bonne conscience en accusant les autres. C'est un stade dépassé, une affirmation gratuite qui ne découle pas de la bonne perception des rapports de force. Pour toute recherche d'alternatives, il paraît indispensable d'analyser préalablement les rapports sociaux, les rapports de classes, les rapports ethniques, les rapports hommes-femmes. De telles analyses sont nécessaires pour se rendre compte des effets pervers de la pensée néo-libérale, de la main invisible de celle-ci, et envisager des stratégies de résistance.

---

[47] Se référer à une conférence de Marc Ela prononcée en 2002 à la Faculté de Théologie Protestante à Bruxelles.

Une critique éthique s'impose également. Mais elle manque de pertinence si elle se limite à l'accusation des individus en laissant intact le système. Elle rate son but si elle porte en outre sur des abus visibles et non sur la logique invisible dudit système. S. Smith se passe de la médiation de l'historiographie africaine et des sciences sociales. Ce qui le préoccupe, c'est de mettre en lumière, par tous les moyens, l'irresponsabilité des Africains face à une Afrique qui meurt. Pourtant, une autre Afrique est debout, à même de mettre le capitalisme mondialisé en échec. Une Afrique qui remémore ses traditions de contestation à l'heure de la mondialisation des résistances. Ecoutez Aminata Traoré (ex-ministre de la culture et du tourisme au Mali): „L'alternative est dans la résistance (…). Nous voyons comment chez les gagnants de cette fameuse mondialisation, les peuples disent NON au Nord. De quel droit l'Afrique doit-elle se taire et continuer à avaler des couleuvres et mourir comme de pauvres idiots. Non, on ne peut continuer comme cela. L'Afrique a besoin de sincérité, de solidarité vraie, d'alliés. C'est pourquoi nous nous sommes investis dans le processus de Porto Alegre. Nous sommes partis avec un petit noyau de 45 personnes à Porto Alegre. Il fallait exploiter cette brèche qui s'ouvrait. Nous disons NON chacun à notre manière, en fonction de notre vécu"[48].

Ce n'est pas sans raison que nous avons voulu entrer en débat avec S. Smith. Au lieu de prendre toute la mesure de l'anthropologie de la révolte dans les rues africaines, cet auteur évacue l'importance

---

[48] Lire la revue *L'Africain*, n° 211, 2003, p. 5. Cette revue est éditée dans la région de Charleroi en Belgique. Par ailleurs, les projets de Porto Alegre sont précistels qu'ils ont été définis en 2002 au second Forum social mondial au Brésil: „l'abolition du FMI et de l'OMC; la suppression des paradis fiscaux, des *rating agencies* et de l'indépendance des banques centrales; la fermeture de la bourse des matières premières agricoles de Chicago; l'interdiction des brevets sur le vivant et des OGM; la remise sans contrepartie de la dette extérieure des pays du tiers-monde; l'introduction de la taxe Tobin et du contrôle public des fusions d'entreprises; la création au sein de l'ONU d'un Conseil de sécurité pour les affaires économiques et sociales; la revendication des droits économiques, sociaux et culturels de l'homme et leur prise en compte par le droit positif" (ZIEGLER, J., *o.c.*, p. 359).

de l'analyse et entretient le mythe d'une Afrique qui accuse et se déresponsabilise. Ce double déficit suffisamment grave permet de mieux comprendre le traitement que Smith réserve au clergé congolais dans un article du journal *Le Monde* daté de 2001. Aucune volonté de faire la part des choses et de s'employer à une appréciation objective. C'est le propre d'un journaliste en quête du sensationnel.

Un regard sur la complexité de l'Afrique

Si l'Africain en a marre de la légèreté déconcertante avec laquelle on fait l'analyse de la situation historique et sociale, il souffre aussi de constater que sa propre expérience et son étude de l'Afrique dans sa complexité le mettent en présence d'une tragédie continentale susceptible de susciter une vague de sentiments de révolte, de lassitude et de défaitisme qui l'empêche parfois de déplacer l'objectif de son caméra pour se rendre compte des lueurs d'espoir qui se pointent à l'horizon. Pour comprendre la teneur de ces propos, il suffit de présenter, de manière critique, le tableau de la déconfiture d'un grand continent en perte de vitesse.

Facteurs d'une crise sans précédent

L'Afrique s'enlise dans une situation de fragilité généralisée qui entame les bases mêmes de son existence. Hier comme aujourd'hui, „le continent africain vit plus dramatiquement que les autres régions du monde, les contre-performances des stratégies de développement adoptées par la plupart des pays et dont l'échec, souligné par les crises sociales qui secouent désormais les pays industrialisés, n'est plus à démontrer. Pour ce qui concerne plus spécialement l'Afrique, en dépit de vastes ressources naturelles (...), on n'observe ni des taux de croissance significatifs, ni des indices de bien-être populaire satisfaisants. Les problèmes de sous-emploi et du chômage s'aggravent. L'utilisation des ressources est largement en dessous des possibilités. La coopération interafricaine ne correspond nullement aux décisions et aux voeux clairement formulés par les hautes autorités des pays concernés.

L'Afrique, qui donne l'image du continent de la vie et de la joie, abrite en fait dans une égale mesure la sombre réalité de la mort - mort massive des enfants, mort violente de toutes sortes. Cette perspective de la catastrophe ne relève pas de la simple imagination. Les faits sont là qui accusent le passé et le présent, et insultent l'avenir"[49].

L'Afrique est aussi le théâtre de conflits et de guerres meurtrières, de paradoxes et de contradictions politiques indescriptibles. Elle est donc défavorisée sur tous les plans.

La crise ne semble pas être perçue comme „une crise spécifique à tel ou tel domaine ni réductible à tel ou tel aspect de l'existence". Il s'agit d'une „crise des conditions mêmes de l'existence humaine, de la vie active en tant qu'elle est la manière d'être propre à l'homme"[50]. Aussi, faut-il voir dans la crise actuelle „la perte par l'Afrique de son initiative historique"[51].

Notre intention n'est pas de nous engager dans une polémique stérile alimentée par un travail d'analyse historique de la crise en Afrique[52]. Dans les limites de notre étude, il convient à présent de dégager les traits saillants d'une crise aux dimensions économique, politique et culturelle. Il est question de se demander si la privatisation est une solution pour l'Afrique. L'option de décideurs amène à émettre quelques considérations.

Problèmes d'une économie de marché en Afrique

L'Afrique est véritablement à la croisée des idéologies. Elle a le souvenir de l'introduction du capitalisme marchand sur son territoire et de l'invasion des idéologies socialistes à Madagascar, au

---

[49] Organisation de l'Unité Africaine (O.U.A.) : *Quelle Afrique en l'an 2000 ? Rapport final du colloque de Monrovia sur les perspectives de l'Afrique à l'horizon 2000*, Monrovia, 12-16 février 1979, p. 13.

[50] KÄ MANA, *L'Afrique va-t-elle mourir ? Essai d'éthique politique* (Coll. Chrétiens en liberté), Paris, Karthala, 1993, p. 25.

[51] HOUNTONDJI, P., *L'Afrique doit reprendre son initiative historique !*, in *Démocraties africaines*, n° 1, Janv/févr./mars 1995, p. 17.

[52] A propos du diagnostic ou de l'analyse de la crise africaine, il existe une bibliographie abondante et aux limites indécises. Qu'il suffise aujourd'hui de retenir quelques données évocatrices de la situation du continent noir en fonction de notre propre perspective de travail. Tant il est vrai qu'on s'est trop investi dans l'exploitation de la nature du feu au moment où la maison brûle. Cette image utilisée par un évêque congolais est suggestive.

Mozambique, en Angola, au Congo, en Ethiopie, au Bénin, en Guinée...

Mais les bouleversements en cours ont consacré la victoire du capitalisme. En effet, la Conférence sur la sécurité et la coopération en Europe, réunie à Bonn au début du mois d'avril 1990 et rassemblant trente cinq pays de l'Ouest et de l'Est de l'Europe, a opté unanimement pour l'économie de marché et le pluralisme démocratique.

R. Garaudy parle, au sujet de cette vision économique du „*monothéisme du marché*" que fondent et légitiment des institutions telles que, le Fonds Monétaire international (F.M.I.) et la Banque mondiale. Il ne voit pas d'un bon oeil „cette intégration au système de marché mondial sous domination américaine" et cette „idolâtrie de l'argent"[53].

Face à cet ordre de choses, l'Afrique ne se retrouve nulle part, lorsque les instances décisionnelles internationales s'engagent dans des concertations de haut niveau. Elle est mise hors jeu[54]. „Sa mise hors jeu s'accroît au fur et à mesure que ses 'partenaires' d'autrefois, confrontés à des défis internes, voient s'ouvrir de nouveaux horizons dans un contexte déterminant où l'effondrement des

[53] GARAUDY, R., *Vers une guerre de religion ? Le débat du siècle,* Paris, Desclée de Brouwer, 1995, p. 74. R. Garaudy est très critique à l'égard des Etats-Unis : „Les Etats-Unis, qui exigent des autres pays une déréglementation totale de la vie économique afin de n'opposer aucun obstacle à leur expansion continuent seuls, à pratiquer un protectionnisme sauvage : l'article 301 de la loi américaine permet d'appliquer des sanctions unilatérales à l'égard de quiconque prétendrait limiter les „libres" importations de la production américaine. Ainsi sont „colonisés" notre agriculture, à laquelle on impose les jachères, notre cinéma, notre avenir, nos vins, notre sidérurgie, notre informatique, nos avions" (p. 74). Lire aussi MALHERBE, J.-F., *La démocratie au risque de l'usure. L'éthique face à la violence du crédit abusif,* Montréal, Liber, 2004, 113 p. Ou encore ARNSPERGER, C., *Critique d'une existence capitaliste. Pour un éthique existentielle de l'économie,* Paris, Cerf, 2005, 209p.

[54] Cf. ELA, J.-M., *Afrique. L'irruption des pauvres. Société contre Ingérence, Pouvoir et Argent,* Paris, L'Harmattan, 1994, p. 127.

communismes dans les pays de l'Est offre des possibilités de conquête d'un nouvel Eldorado"[55].

Certes, les catastrophes ou les guerres fratricides qui sont à la une des médias internationaux provoquent la compassion des sociétés industrialisées. Personne ne saurait le nier. Mais, il se trouve qu'"après les interventions ponctuelles et les actions d'urgence (...), l'on retombe dans un monde dur où les forces de l'argent n'obéissent qu'aux impératifs du profit"[56]. Le Fonds Monétaire International et la Banque Mondiale surgissent et resurgissent en force pour dicter la loi, imposer des politiques d'ajustement structurel dont on déplore sans cesse les conséquences dans la vie du petit peuple qui, comme on le dit parfois avec humour, ne vit pas mais survit[57]. Entretemps, la dette s'accroît et lie tout un continent „jusqu'au cou"[58].

Par ailleurs, le libéralisme économique auquel l'Afrique se trouve annexée, engendre un capitalisme sans capitalistes. „Le capitalisme se concrétise à travers les capitalistes, c'est-à-dire les trusts, grandes entreprises, individus et groupes d'individus qui se créent, entreprennent, investissent dans les domaines de la banque, de l'industrie, du commerce. Ainsi, prend-il le visage des Rockfeller, Mitsubishi (...), Deutsche Bank, Générale de Belgique, Anglo-

---

[55] *Ibid.*

[56] *Ibid.*, p. 128.

[57] Le Prof. Schooyans s'interroge sur la stratégie de la Banque mondiale. La Banque mondiale, écrit-il, „pense le développement en termes de croissance économique. Parmi les nombreux obstacles à cette croissance se détache l'augmentation de la population dans les pays pauvres. Cette augmentation (...) doit être contenue pour que la croissance économique soit possible, pour protéger l'environnement, pour assurer la prospérité et la sécurité à l'échelle mondiale. On est donc fondé à se demander si la Banque mondiale n'est pas (...) partie prenante dans la mise au point (...) de la stratégie de la peur" (Cf. SCHOOYANS, M., *La dérive totalitaire du libéralisme* (Coll. Le Préambule), Paris, Editions Universitaires, 1991, p. 63). Lire aussi TRAORE, A., *Le viol de l'imaginaire*, Paris, Fayard, 206 p.

[58] Cf. GEORGE, S., *Jusqu'au cou.. Enquête sur la dette du tiers monde*, Paris, La Découverte, 1988. Cf. aussi PULH, J. (Ed.), *L'éternelle dette du Tiers-Monde*, Bruxelles, s.d.. Il est question d'une bande dessinée publiée par le Mouvement Mondial des Travailleurs Chrétiens (MMTC).

Américain, Mobil Oil, etc..."[59]. Ces capitalistes ont des capitaux importants. Ils maîtrisent la techno-science. Ils investissent et réinvestissent, jouent en bourse et bénéficient du libéralisme. Mais en Afrique, on a des hommes d'affaires sans actions à la bourse de Lagos ou d'Abidjan. Ces hommes d'affaires ne sont presque jamais des industriels ou des banquiers. Si leurs avoirs ne sont pas logés dans les banques étrangères, ils investissent dans les domaines du transport, du commerce d'import et export, du transit et des supermarchés[60].

La dépendance à l'égard des pays étrangers est totale. Qu'on se souvienne d'un symposium d'hommes d'affaires africains ayant parcouru le monde occidental dans le but d'obtenir des investissements internationaux. Lorsqu',,ils se sont réunis sous le patronage de la Banque Africaine de Développement, dont le président déclara que l'Afrique prenait une option pour le privé, leur rencontre était ,,sponsorisée" par des banques européennes, japonaises et américaines"[61]. Une telle initiative privée n'est pas celle des Africains.

La problématique de l'économie de marché soulève d'autres problèmes en Afrique et accuse ainsi d'autres signes d'inadaptation et d'inadéquation. Il suffit de songer au domaine culturel. A ce sujet, Max Weber est explicite: ,,le capitalisme repose sur la rationalité économique et s'accompagne d'une série de ,,qualités" telles que la

---

[59] Cf. Jeune Afrique, n° 1527 du 9 avril 1990. Cité par MUKENDI, T., *Démocratie, idéologie et développement en Afrique*, in *Imaginer et construire l'Afrique de demain (Imagine and Build Tomorrow's Africa)*, n° 1, août 1995, p. 8. Isabelle STENGERS et Philippe PIGNARRE parlent du capitalisme comme d'un ,,flux mouvant réorganisateur". Ils le comparent à un ,,système sorcier" dévorant les cœurs et les esprits par le refus de penser qu'il dicte par ,,ses petites mains". Cf. PIGNARRE, Ph., et STENGERS, Is., *La sorcellerie capitaliste. Pratiques de désenvoûtement*, Paris, La Découverte, 2005, 224 p.
[60] MUKENDI, T., *art. cit.*, p. 8.
[61] *Ibid.*

sacralisation du travail et l'aversion de l'oisiveté, l'hégémonie du gain, l'austérité, l'usage rationnel du temps"[62].

On est en présence d'une série de valeurs incompatibles avec bon nombre de réalisations connues en Afrique qui correspondent „aux critères de prestige, donc d'irrationalité économique", et qui sont généralement mal gérées[63].

Au vu de ce qui précède, il convient de faire aujourd'hui un constat majeur : si la faillite économique de l'Afrique est réelle, la solution ne semble pas être celle d'une certaine adoption du capitalisme dont les valeurs constitutives échappent aux détenteurs du pouvoir économique dans le continent africain[64].

L'esprit de ce capitalisme (de l'Europe Occidentale et de l'Amérique) n'est pas simplement une manière de s'imposer une ligne de conduite, mais se présente comme une „*éthique particulière*". Dans un tel régime, le devoir de chacun est d'"augmenter son capital, ceci étant supposé une fin en soi"[65]. Il est question de „gagner de l'argent, toujours plus d'argent, tout en se gardant strictement des jouissances spontanées de la vie"[66]. Aussi, „la rationalisation sur la base d'un calcul rigoureux „est-elle l'une des caractéristiques

---

[62] *Ibid.*, p. 9. Cf. WEBER, M., *L'éthique protestante et l'esprit du capitalisme* (Coll. Recherches en Sciences humaines), Paris, Plon, 1969. Lire surtout „*L'Esprit du capitalisme*" : p. 45-82.

[63] MUKENDI, T., *art. cit.*, p. 9.

[64] *Ibid.* Selon M. Schooyans, il importe de reconnaître les avantages de l'état d'esprit qui sous-tend les options libérales dans l'ordre économique et politique: „*l'affirmation et l'épanouissement de la conscience individuelle*", l'„*esprit d'initiative et d'entreprise*", l'„*influence stimulante sur la recherche scientifique*"; le „*progrès technique*", le „*bien-être matériel*"...
„Toutefois, le libéralisme si efficace qu'il soit, repose sur deux présupposés axiomatiques échappant curieusement à la critique : le matérialisme et l'individualisme. Or ces deux présupposés ont pour corollaire une vision tronquée des rapports sociaux. On tend à réduire ceux-ci à des rapports de force, à des rapports de lutte opposant des hommes avides de s'approprier des biens et d'augmenter leurs profits" (SCHOOYANS, M., *o.c.*, p. 9).

[65] WEBER, M., *o.c.*, p. 48.

[66] *Ibid.*, p. 51.

fondamentales" de l'économie capitaliste individuelle, dirigée avec prévoyance et circonspection vers le résultat escompté"[67] (p. 80). Faut-il continuer à légitimer ce système? F. Houtart tient à reconstruire l'espérance à partir d'une délégitimation du capitalisme. Dans son livre intitulé *Délégitimer le capitalisme*[68], il démontre, à partir de quelques exemples (l'eau, la santé) la déshumanisation de la société mondialisée. C'est le propos des chapitres portant sur *Quand l'homme devient marchandise* et *Quand l'économie devient une finalité*. Sous le titre *Mondialiser les résistances et créer les alternatives*, il analyse les mouvements de résistance au néolibéralisme. Il réserve une place au croyant dans les luttes sociales qui structurent le monde actuel.

C'est aussi le combat de J. Ziegler dans la mesure où il parle d'un empire inédit de soumission des peuples à l'esclavage éternel au travers de deux armes de destruction massive: la dette et la faim[69].

Responsabilités africaines

L'imaginaire dans *La Chorale des mouches* est une description de la situation d'une Afrique en panne dont l'exode, le déplacement des populations et l'éloge de la colonisation rongent les sociétés autochtones et insultent l'avenir. Il apprend à ne jamais se déconnecter de ses responsabilités historiques. La conscience de celles-ci amène à stigmatiser la complicité des élites dirigeantes attirées par la maffia internationale. La bourgeoisie nationale ou continentale ne se préoccupe que de la sauvegarde de ses intérêts et de ceux des lobbies ou groupes de pression qui décident de sa vie et de sa mort. Au lendemain des indépendances africaines, on pouvait déjà commencer à déplorer sa médiocrité. F. Fanon écrit : „La bourgeoisie nationale n'est pas orientée vers la production, l'invention, la construction, le travail. Elle est toute entière canalisée vers des activités de type intermédiaire. Etre dans le circuit, dans la combine, telle semble être sa vocation (...). Au

---

[67] *Ibid.*, p. 80.
[68] Cf. HOUTART, F., *Délégitimer le capitalisme. Reconstruire l'espérance*, Bruxelles, Colofon, 2005.
[69] Lire ZIEGLER, J., *L'empire de la honte*, Paris, Fayard, 2005.

semble être sa vocation (...). Au fond, elle est une sorte de petite caste aux dents longues, avide et vorace, dominée par l'esprit gagne-petit et qui s'accommode des dividendes que lui assure l'ancienne puissance coloniale. Cette bourgeoisie à la petite semaine se révèle incapable de grandes idées, d'inventivité. Elle se souvient de ce qu'elle a lu dans les manuels occidentaux et imperceptiblement elle se transforme non plus en réplique de l'Europe mais en sa caricature (...) Cette bourgeoisie, médiocre dans ses gains, dans ses réalisations, dans sa pensée, tente de masquer cette médiocrité par des constructions de prestige à l'échelon individuel, par les chromes des voitures américaines, les vacances sur la Riviera, les week-ends dans les boîtes de nuit néonisées"[70].

Au fur et à mesure que la situation se détériore, quelques intellectuels d'Afrique accentuent la responsabilité interne et soutiennent que „le marasme économique et le retard de l'Afrique noire dans son évolution proviennent pour un quart de facteurs naturels et externes et pour trois quarts de facteurs humains propres aux africains eux-mêmes"[71].

De l'avis de certains analystes, ce type de discours peut susciter un grand débat d'idées, mais l'échec des expériences de démocratisation[72], la croissance de l'insécurité et la restauration de l'Etat afri-

---

[70] Cf. FANON, F., *Les damnés de la terre* (Coll. Maspero), Paris, F. Maspero, 1982, p. 96, 116.

[71] DIAKITE, T., *L'Afrique malade d'elle-même*, Paris, Karthala, 1986, p. 160.

[72] Selon E. Mveng, les conférences nationales destinées à promouvoir la démocratie n'ont administré „nulle part la preuve de leur crédibilité" (MVENG, E., *Le synode africain, prolégomènes_pour un concile africain* ? in *Concilium*, n° 239, 1992, p. 166). Eboussi Boulaga semble avoir sa propre vision des conférences nationales. Celles-ci ont, à ses yeux, „l'indéfinissable grandeur des commencements". (...) c'est le point de départ qui est le principal et, partant, le plus difficile. Il est ensuite plus facile d'ajouter et de développer, voire d'améliorer, quand on a compris l'originalité en même temps que la fragilité du commencement" (EBOUSSI BOULAGA, F., *Les conférences nationales en Afrique noire. Une affaire à suivre* (Coll. Les Afriques), Paris, Karthala, 1993, p. 173).

cain gouverné par le principe autoritaire[73], tendent à consacrer sa pertinence.

De fait, on assiste à des tentatives de démocratisation sans lendemain. Ce qui est grave, aujourd'hui, c'est le cycle infernal de violences, le terrorisme d'Etat et le manque de tolérance entretenus dans les milieux politiques africains. L'espoir d'une démocratie inaugurée sous la houlette d'une bourgeoisie nationale corrompue devient illusoire d'autant plus qu'il ne se fonde pas sur la volonté de libération intégrale souhaitée par l'ensemble de la population des villes et des villages africains. Ce jugement peut paraître sévère. Mais, il reflète ce qui est en cours de réalisation dans un bon nombre de pays africains : la brimade d'un peuple dépossédé de son initiative historique, l'espoir assassiné par l'exercice d'un pouvoir autoritaire qui ne se lasse pas de torturer et d'affamer des travailleurs et des paysans, le tribalisme et le clientélisme, l'exploitation économique des citoyens[74].

[73] Cf. MBEMBE, A., *Afriques indociles. Christianisme, pouvoir et Etat en société postcoloniale*, (Coll. Chrétiens en liberté), Paris, Karthala, 1990, p. 168. Cf. aussi TSHIYEMBE, M., *L'Etat_postcolonial, facteur d'insécurité en Afrique*, Paris, Présence Africaine, 1990. La lecture de cet auteur permet de remarquer que l'Etat postcolonial n'a cessé de dévaluer l'idée du pouvoir politique en tant que garant du bien commun. Le pouvoir est conçu comme „*la force d'un homme ou d'un groupe imposant à l'ensemble de la société qu'il régente sa conception du monde*" (p. 27).
Cf. aussi HEBGA, M.P., *Afrique de la raison, Afrique de la foi* (Coll. Chrétiens en liberté), Paris, Karthala, 1995, p. 9-74.
[74] Cf. NGWA NGWEMA, N., *Eglises et démocratisation en Afrique : cas du Gabon*, in *Eglises et démocratisation en Afrique. Actes de la Dix-neuvième Semaine Théologique de Kinshasa du 21 au 27 novembre 1993*, Kinshasa, Facultés Catholiques de Kinshasa, 1994, p. 33-34. Dans les Actes de la même Semaine théologique de Kinshasa, lire aussi : Mgr SARAH, R., *Attitude_et rôle des églises à l'égard des régimes totalitaires en Afrique : cas de la Guinée*, p. 39-49. Cf. aussi SEMBENE OUSMANE, *Xala*, Paris, Présence Africaine, 1995. Ce roman témoigne du comportement de la „nouvelle bourgeoisie nationale aux dents longues" représentée par un opulent personnage : El Hadji Abdou Kader Biye. Le sort qui frappera ce puissant quinquagénaire est le „châtiment d'une faute ancienne contre les plus pauvres de ses concitoyens". Le peuple réclame son dû.

Les effets néfastes du pouvoir despotique se manifestent, en outre, à travers les souffrances imposées aux exilés de la diaspora. Le cas du Congo - pour ne citer que cet exemple bien connu - apparaît comme une dispersion des cadres, inscrite dans une politique organisée rationnellement afin de se débarrasser d'une intelligentsia vigilante et encombrante.

On comprend pourquoi l'Europe compte des milliers de ressortissants congolais dont des centaines d'universitaires nantis des diplômes les plus enviables dans les domaines les plus sensibles pour le développement d'un pays du Sud. Mais lorsqu'on sait que, dans certains pays, la dictature entraîne parfois l'exil, broie les consciences et corrompt la pensée, il y a moyen d'expliquer cette situation d'une grande élite nationale sacrifiée. Voilà le drame d'une fuite des cerveaux.

Qu'il s'agisse du Cameroun, du Congo ou du Togo ou de la Côte d'Ivoire, on a affaire à des dictatures qui condamnent les africains à l'exil en imaginant des actions d'étouffement dans un contexte de turbulence où la raison rationnelle n'a aucun pouvoir[75].

A côté des fragilités économiques et politiques, certains africains font le constat des fragilités culturelles qui traversent le continent noir de part en part, „suite à la néocolonisation culturelle par l'école et les mass média, à l'absence d'une élite engagée et enraci-

---

[75] C'est pourquoi la question posée aux penseurs africains est celle de savoir si de nouvelles générations politiques émergeront sous la conduite d'une pensée rigoureuse en vue de promouvoir l'installation des lieux de résistance aux farces des „démocraties ethniques“, et en vue de constituer un „contre-pouvoir“ enraciné dans un mouvement social de grande envergure. Cf. NGOMA-BINDA, E., *La logique du pouvoir politique en Afrique noire. Lecture sociologique de l'avènement des dictatures et partis uniques*, in Eglises et démocratisation en Afrique..., p. 89.

née, de guides et de penseurs capables d'élaborer une pensée originale et autonome"[76].

Perspectives de changement

a) Pour sortir de cet état de crise multiforme, la revanche des pauvres s'avère nécessaire et urgente. Revanche des pauvres au sens d'un retour en force, sur les lieux de la gestion de leur destin, des peuples d'Afrique appelés à déployer leur capacité d'invention de l'avenir. Il est temps de se réapproprier „les traditions de lutte et de résistance qui appartiennent à l'histoire africaine"[77]. La faillite des politiques africaines et l'impuissance des forces du marché à proposer un type de développement fiable, obligent à profiter de la crise elle-même pour redécouvrir les capacités de l'homme africain à se prendre en charge et à lutter contre les marchands de la mort.

Il n'est pas possible de restituer *l'histoire aux sociétés africaines*[78] si on renvoie à plus tard la réflexion sur l'avenir d'une société gagnée par l'afro-pessimisme qui cautionne l'idée d'une perte de confiance en soi qui fait resurgir le mythe d'une Afrique damnée ou tout au moins réfractaire à toutes les lumières de la civilisation et de la modernité.

L'urgence s'impose de „privilégier la recherche des bases d'une coalition africaine pour la liberté et la dignité de l'homme en redonnant plus d'importance aux groupes informels, aux organisations populaires, aux centres d'études et de réflexion, aux associations et mouvements qui tentent de relever les défis actuels de notre continent"[79]. Ainsi, faut-il „repenser les savoirs eux-mêmes

---

[76] NGINDU, M. et BIMWENYI, K. O., *Religion, tradition et modernisme en Afrique. Quelques réflexions théologiques sur le problème de l'inculturation*, in *Méditations africaines du sacré. Actes du troisième Colloque International, Kinshasa 16-22/2/1986*, in *Cahiers des Religions africaines*, numéro spécial, vol XX-XXI, n° 39-42, 1986-1987, p. 383.

[77] ELA, J.-M., *L'Afrique...*, p. 257.

[78] *ID., Restituer l'histoire aux sociétés africaines. Promouvoir les sciences sociales en Afrique*, Paris, l'Harmattan, 1994.

[79] ELA, J.-M., *L'Afrique...*, p. 259.

74

dans les Etats sous tutelle où la matière grise africaine semble totalement absente des grandes décisions qui engagent l'avenir"[80].

Face aux impasses actuelles, il existe des visionnaires qui conseillent de s'appuyer sur ce que les peuples des forêts et des savanes sont capables d'inventer. Car, comme le souligne Jean-Pierre Warnier, les besoins actuels de l'Afrique ne s'inscrivent pas dans la ligne d'un programme d'ajustement culturel ou structurel. L'Afrique s'invente. „Elle a besoin qu'on fonde toute action de développement sur l'intelligence de cette invention plutôt que sur les présupposés théoriques des experts de la Banque mondiale, ou sur l'excessive valorisation de la civilisation occidentale"[81].

Ces réflexions interpellent les générations africaines auxquelles incombe la responsabilité de reprendre l'initiative historique dans tous les domaines.

b) Malade, la société africaine l'est à coup sûr, une des plus malades de notre temps. Mais, des signes d'espoir font écho, ici et là, des perspectives de changement qui ont fait l'objet des considérations précédentes.

En effet, en dépit des situations alarmantes traversant de part en part l'histoire des peuples africains, il existe une autre Afrique qui peut donner des raisons d'espérer. La tenue des premières élections législatives au suffrage universel en Afrique du Sud (26-28 avril 1994) et la mise sur pied de la commission „Vérité et Réconciliation" apparaissent comme un signe annonciateur d'un nouvel univers africain auquel le monde se doit d'offrir des chances de succès[82].

Personne ne se refuserait à attribuer cette avancée à la figure emblématique de Nelson Mandela auquel Jean-Paul II s'était empressé de rendre un hommage déférent en ces termes lors de son premier voyage en Afrique du Sud : „Je veux vous rendre hommage, Mon-

---

[80] *Ibid.*
[81] WARNIER, J.-P., *L'Esprit d'entreprise au Cameroun*, Paris, Karthala, 1993, p. 289.
[82] *L'Afrique du Sud en transition. Réconciliation et coopération en Afrique Australe* (Coll. La Vie du Droit en Afrique), Paris, Economica, 1995, p. I.

sieur le Président, à vous qui, après avoir été le témoin silencieux et souffrant de l'aspiration de votre peuple à une authentique libération, portez sur vos épaules le fardeau d'avoir à encourager chacun des Sud-Africains pour faire aboutir la réconciliation nationale et la reconstruction"[83].

On le voit. L'Afrique du Sud aura laissé l'image d'une Afrique dont la volonté politique et la détermination rendraient capable de travailler à la démocratie et la réconciliation, de ne marginaliser aucun acteur politique pendant les délicates périodes de transition. C'est là *„la leçon sud-africaine"*. Leçon de simplicité et de tolérance sans laquelle il serait impossible d'édifier des transitions qui soient *„des chantiers pour la réconciliation nationale"*[84]. C'est pourquoi il n'est pas exagéré de considérer l'Afrique du Sud comme un modèle pour l'Afrique[85]. Même si une fois passé le mirage des élections, on constate que le capitalisme reste néanmoins parcellaire[86], le monde ferait mieux d'apprécier et d'encourager les premières tentatives sud-africaines de renouveau, „parfois douloureuses, mais toujours bénéfiques à terme"[87].

Une autre Afrique capable de défier l'histoire se trouve être symbolisée à travers l'engagement des chrétiens qui refusent de se laisser modeler par des anti-valeurs. Au Congo, le groupe Amos en a donné l'exemple en se présentant à la fois comme :

- „un lieu d'analyse constante des évolutions politiques et sociales du pays";

- „une force de contestation du système d'anti-valeurs qui a plongé toute la société dans un abominable chaos";

- „une école d'éducation aux impératifs de liberté, de démocratie et des droits de l'homme dans une situation où la vie humaine n'a plus aucune valeur aux yeux du dictateur ni le res-

---

[83] *La vie*, n° 2612, 21-27 sept. 1995, p. 14-15.
[84] *Jeune Afrique Economie*, n° 181, juillet 1994, p. 3.
[85] Cf. *ibid.*, n° 195, 1er mai 1995, p. 80.
[86] Cf. MARYNCZAK, A., *Difficile émergence d'un capitalisme noir en Afrique du Sud*, in *Politique Africaine*, n° 56, déc. 1994, p. 9.
[87] *L'Afrique du Sud ...*, p. X..

76

pect de l'homme un impact sur la conscience de ses brigades de la mort";

- „une dynamique d'initiation à une intelligence politique, économique, sociale et culturelle de l'Evangélisation dans un désordre social que seuls des hommes et des femmes sensibles aux enjeux publics de leur foi peuvent transformer en un ordre nouveau"[88].

C'est là la configuration d'une société qui veut vivre et aspire au changement. Le 16 février 1992, les chrétiens de Kinshasa en ont fait une démonstration percutante lorsqu'au sortir de la messe dominicale, ils ont amorcé une marche de protestation sans laquelle les travaux de la Conférence Nationale Souveraine n'auraient pas repris le cours normal. Aujourd'hui, l'Eglise catholique vient de promouvoir au niveau de ses instances dirigeantes et du Conseil de l'Apostolat des Laïcs Catholiques du Congo un programme d'éducation civique qui permet de poursuivre l'initiative dénonciatrice et d'encourager la quête des alternatives. Il reste à savoir si ce lieu éducatif récoltera de bons fruits.

L'image d'une autre Afrique en devenir se caractérise en outre par des essais d'une économie de type informel. L'exemple des tontines au Cameroun demande d'être étudié en profondeur si l'on veut prendre au sérieux l'importance d'une nouvelle manière de saisir les problèmes économiques[89].

---

[88] KÄ MANA, *Christ d'Afrique. Enjeux éthiques de la foi africaine en Jésus-Christ* (Coll. Chrétiens en liberté), Paris-Yaoundé-Lomé, Karthala, Clé, Haho, 1994, p. 39-40. Le groupe Amos comprend un certain nombre de chrétiens du Congo qui se réclament du prophète Amos dont nul n'ignore la vigueur de la parole interpellante dans l'histoire d'Israël (lire de nouveau KÄ MANA, *o.c.*, p. 39).

[89] Selon le Petit Larousse, la tontine désigne „une association des personnes versant de l'argent à une caisse commune dont le montant est remis à tour de rôle à chaque membre".
Mais en réalité, il y a plus. L'expérience des tontines s'enracine dans une vision du monde que la tribu du peuple Bamiléké du Cameroun signifie par ces mots : prévoyance et solidarité (Cf. TAGUIAFING, M., *Les „tontines" chez les Bamilékés de l'Ouest-Cameroun : formes d'épargne et de solidarité*, ..., p. 2).

„La tontine ne se réduit pas à ses aspects purement économiques. On y échange de l'argent ou du travail, mais aussi des repas, des rites, notamment les deuils, des obligations d'amitié et des conseils. Le contrat qui lie les adhérents dépasse également l'ordre juridique; il est aussi de nature religieuse et mythologique. Enfin, par ses fonctions pédagogiques, la tontine touche à la morphologie sociale en permettant le dépassement des obstacles de la méfiance"[90].

Ce qui est sûr, c'est que des éléments autres qu'économiques sont exploités dans le but de faire advenir une expérience plus ou moins originale du développement. C'est-à-dire un type de développement qui n'obéit pas aveuglement aux lois de la logique commerciale et à la vision des relations qui ne sont plus que marchandes.

Dès lors, une articulation des fonctions économique, politique et culturelle, observable dans toutes les sociétés, pourrait être dégagée à partir d'une réflexion sur l'arrière-fond de cette économie in-

Prévoyance du Bamiléké qui „*vit le présent en se projetant dans l'avenir*". L'épargne se fait parce que l'éducation et l'environnement du Bamiléké (montagnard) le pousse à développer la culture des biens épargnés (p. 2).

La solidarité semble avoir caractérisé ce peuple avant son contact avec le monde extérieur. Les Bamilékés ont l'habitude de „*se mettre ensemble pour labourer le champ, construire la clôture ou la case de chacun des associés à tour de rôle*" (p. 3).

Le fonctionnement des tontines. Cette expérience permet de faire une épargne qui produit des intérêts. Ceux-ci sont redistribués de manière équitable aux associés dans le respect des échéances fixées. On est en présence des banques officieuses parallèles aux institutions bancaires gérées par de grands appareils étatiques (p. 3-4).

C'est le lieu de parler de toute une „école d'épargne, d'incitation au travail, de la prévoyance, d'entraide, de fraternité et de solidarité" (p. 4).

Cependant, des difficultés existent. Il y a le risque de faire éclater le groupe lorsqu'on est obligé de punir un membre ou de faire appel à la justice au cas où ce dernier ne serait pas disposé à payer ses cotisations (p. 5).

Une autre difficulté s'explique par le fait que les pouvoirs publics accusent les initiateurs de tontines de vider les banques (p. 5). Au lieu de se laisser décourager par ces problèmes, on conseille de stimuler les africains au travail en vue d'une synthèse harmonieuse entre la pratique des tontines et les systèmes d'épargne (p. 6).

[90] *Culture et développement*, n° 5/6, 1991, p. 21.

formelle susceptible de montrer à quel point l'économique et le culturel s'imbriquent dans une espèce de relation dialectique qui sollicite l'intelligence de l'analyste des économies africaines en crise [91].

Ces considérations nous autorisent à souligner qu'on est *„loin des mythes d'une Afrique irrémédiablement condamnée"*[92], mais proche d'une autre humanité africaine qui tente de créer et d'aller de l'avant : par-delà des injustices invétérées et des farces de la démocratie ethnique, par-delà des projets de démantèlement des peuples entiers et du refus de tenir la mort à distance[93].

Nous sommes au terme d'une évocation sommaire de la crise africaine et des perspectives de changement sur lesquelles semble se fonder l'existence d'une Afrique qui tente de se réveiller.

Aussi, les considérations précédentes permettent-elles de situer, d'une certaine façon, le contexte qui a favorisé l'émergence de la société civile. Elles se révèlent être des éléments explicatifs de la naissance de celle-ci. Car elles font prendre conscience de la faillite des Etats d'Afrique, de la crise économique dans un contexte dominé par les programmes suicidaires d'ajustement structurel, de l'insécurité due à la guerre et au banditisme, de la colère de la rue et de la réclamation d'un espace démocratique, de la demande populaire d'une saine gestion de la chose publique, de l'émergence

---

[91] Cf. MUSEKA, N., *Pour un développement inculturé*, in *Evangéliser, c'est développer. Mélanges en l'honneur de Mgr. Bakole wa Ilunga, Kananga*, Ed. de l'Archidiocèse, p. 2-5. L'auteur rappelle que „dans toutes les sociétés humaines, quels que soient leur taille ou le niveau de leur développement, on retrouve les trois fonctions fondamentales de l'économique, du politique et du culturel qui leur permettent de vivre et de survivre" (p. 2). „Le politique, l'économique et le culturel s'imbriquent de la sorte dans un lien dialectique pour permettre à une formation sociale d'assumer son destin, s'adaptant à son environnement, en même temps qu'elle transforme celui-ci en fonction de ses besoins. Sans cela, aucun groupe humain ne peut survivre" (p. 5).

[92] ELA, J.-M., *Restituer l'histoire...*, p. 85.

[93] BIMWENYI, K.O., *Congrégation de la Sainte Trinité et exigences d'inculturation*, in *Vie monastique et inculturation à la lumière des traditions et situations africaines. Actes du colloque international*, Kinshasa, 19-25 février 1989, Kinshasa, Archidiocèse de Kinshasa et Aide inter-monastères, 1989, p. 167.

des associations et des organisations qui s'investissent dans la promotion des droits des peuples, etc.

Cela signifie-t-il que la société civile en Afrique se trouve à la hauteur des défis historiques? A ce sujet, il faut dire que la réalité autorise à répondre par la négative. Le Congo donne l'exemple d'un pays où le combat citoyen se confond avec la recherche des intérêts égoïstes. L'évolution de ce pays montre aussi à quel point une Eglise se veut solidaire du sort de son peuple et rend parfois difficile la clarté du concept de société civile.

§ VII. SOCIETE CIVILE ET EGLISE CATHOLIQUE EN RDC

Devant la faillite des partis uniques et le délabrement du tissu économique, on a assisté en Afrique, en général, et au Congo, en particulier, à l'offensive de l'opposition politique. Celle-ci a été considérée comme une société civile. Mais en réalité, les opposants politiques ont l'ambition de diriger et d'occuper des postes de responsabilité politique. Lorsque Mobutu dirigeait le Congo, on a vu des membres de l'opposition radicale à la tête des ministères importants. Aujourd'hui, la situation n'a pas changé.

De nombreux chrétiens qui bénéficient d'une éducation civique promue par l'institution ecclésiale nourrissent également des appétits politiques. Les associations se mêlent des affaires publiques et répondent aux sollicitations de bailleurs de fonds qui les rendent visibles sur la scène publique et les rapprochent des milieux politiques[94].

Les négociations relatives au dialogue intercongolais ont bien montré à quel point les désirs politiques minent la société civile

---

[94] *Le Monde Diplomatique*, Manière de voir, n° 84 (déc. 2005-janv. 2006), p. 40-41.

congolaise de l'intérieur[95]. Quelques membres de celle-ci font partie des institutions de la transition et apparaissent bien éloignés de leur base.

A ce compte-là, il convient de parler d'une société civile empêtrée dans une confusion des genres.

Peut-on dire que l'Eglise catholique du Congo fait partie d'une société civileresponsable et échappe à cette critique ? Nous nous proposons de faire une approche conceptuelle de la société civile pour prendre la mesure de cette interrogation. C'est l'enjeu de notre réflexion qui considère, précisons-le, la dimension institutionnelle de l'Eglise congolaise et présente les défis de l'avenir d'une population à bout de souffle.

A) APPROCHE CONCEPTUELLE DE LA SOCIETE CIVILE

1. Conception angélique de la société civile

A la suite d'Antonio Gramsci, F. Houtart considère la société civile comme l'espace social situé entre et le marché et l'État. Il atteste l'existence de plusieurs conceptions de la société civile."La première pourrait être appelée une conception naïve, que l'on rencontre souvent dans les ONG, les Églises, les associations volontaires et qui conçoivent la société civile comme l'ensemble des gens bons, de tous ceux qui veulent le bien. C'est une conception

---

[95] Dans leur récent livre, Marie-France Cros et François Misser notent: „La société civile est porteuse de l'espoir d'une évolution positive, pour autant qu'elle parvienne à combattre en son sein les mini-présidents fondateurs et empêche certains de ses membres de se laisser glisser sur la pente dangereuse de la xénophobie. Mais le choix qu'ont fait certains de ses meneurs de briguer des postes parlementaires a abouti à la création d'une société „politico-civile", dont on peut se demander si elle parviendra à impulser une transformation des mœurs des politiciens ou, au contraire, se laissera contaminer par elles." Cf. CROS, M.-F. et MISSER, F., *Géopolitique du Congo (RDC)*, Bruxelles, Editions Complexes, p.94.

naïve et même quelque peu angélique, car il est évident que la société civile est socialement diversifiée"[96].

2. Conception bourgeoise de la société civile

C'est celle de la pensée néolibérale qui promeut la libre concurrence en obéissant aux lois du marché total. Dans ce contexte, il suffit de créer ou de renforcer les conditions de liberté du marché pour donner naissance à toutes les autres libertés. L'Etat est obligé de garantir le bon fonctionnement du marché et des structures de production. Il est véritablement enchaîné. La société civile se compose ici du monde des entrepreneurs qui bénéficie du soutien des appareils d'Etat tels que l'éducation, la santé, les organisations volontaires, les ONG qui, consciemment ou non, soutiennent le projet néo-libéral.

Cette perspective est aussi celle des institutions de Bretton Woods qui ne s'empêchent pas de récupérer une certaine terminologie pour cacher le vrai problème. Ainsi la Banque Mondiale dont le siège se trouve à Washington fait frémir par une inscription qui couvre le mur interne de l'entrée: „*We have a dream, a world free of poverty, (nous avons un rêve, un monde libéré de la pauvreté)*". Un éminent sociologue pense qu'une telle inscription mériterait que l'on y ajoute : „*And thanks to the World Bank, it remains a dream, (et grâce à la Banque mondiale cela reste un rêve)* [97]!

3. Conception analytique de la société civile

Mais il y a une troisième conception, que nous pourrions appeler analytique et qui envisage la société civile comme le lieu des luttes sociales. En effet, il y a, d'une part, la société civile d'en haut constituée de ceux dont les intérêts se construisent autour de l'accumulation du capital et, d'autre part, la société civile d'en bas, c'est-à-dire les associations, groupements, organisations sociales,

---

[96] Lire Société civile, mouvements sociaux et développement, in Pour une société civile congolaise socialement responsable, Paris, L'Harmattan, 2005, p. 109 .
[97] HOUTART, F., *art. cit.*, p. 105.

culturelles, politiques, qui luttent pour l'avènement d'un monde où régnerait plus de justice sociale[98].

Il est vrai que le marché tend de plus en plus à contrôler la société civile, transformant tout en une marchandise, y compris l'éducation, la santé, la sécurité sociale, etc. Par ailleurs, comme le marché et sa logique tendent aussi à instrumentaliser l'État, c'est évidemment la société civile d'en haut qui domine l'essentiel des décisions. Cela se manifeste également sur le plan mondial où les organisations internationales liées aux Nations Unies sont véritablement colonisées par les entreprises transnationales et où les grands organismes financiers internationaux prennent le pas sur les autres organes de la famille des Nations Unies.

Quant à la fonction de la société civile d'en bas, elle est triple. Au cours de ses conférences et des contacts d'homme à homme, Houtart est explicite. Tout d'abord, délégitimer le système actuel: en premier lieu parce qu'il ne fournit pas la base matérielle nécessaire à la vie physique et culturelle de tous les êtres humains à travers le monde; en deuxième lieu à cause des injustices qu'il engendre. En délégitimant, on est nécessairement amené à proposer un autre développement orienté sur le bien être humain individuel et collectif, construit sur des alternatives réelles.

Ensuite, dégager et construire des points de convergence, afin d'édifier un nouveau rapport de force. Il s'agit de mises en commun entre les différentes forces sociales et mouvements sociaux, sans perdre les spécificités historiques et culturelles. En effet, seul un nouveau rapport de force pourra faire changer les structures sociales. Ce sera un dur et long combat, car il y aura des réactions importantes d'ordre économique, administratif, politique et militaire. Il s'agira également de résister à toutes les tentatives de cooptation de la part du système économique et de ses institutions politiques et culturelles, pour récupérer et intégrer les mouvements

---

[98] HOUTART, F., *art. cit.*, p. 110. Sur ce point, José Bové et Gilles Luneau sont d'un apport de taille. Lire leur livre intitulé *Pour la désobéissance civile*, Paris, La Découverte, 2004. Surtout les chapitres 11 (De la démocratie en temps de crise) et 12 (La société civile).

sociaux dans leur logique et leur faire perdre ainsi leur pouvoir de contestation.

Enfin, la société civile d'en bas doit proposer des alternatives. Celles-ci existent dans tous les domaines. C'est plutôt la volonté politique de les mettre en oeuvre qui manque. Il s'agit aussi bien des utopies (c'est-à-dire le type de société que l'on veut construire) que des propositions à moyen terme (celles qui prendront du temps, parce qu'elle sont complexes ou parce qu'elles rencontreront beaucoup de résistances) et finalement celles à court terme qu'il est possible d'envisager dans un avenir prévisible[99].

4. Eglise catholique, quelle société civile ?

Pour beaucoup d'observateurs, l'Afrique est mal en point, en bordure de la mort à cause d'une classe politique qui n'a pas de base sociale et d'un système mondial qui ne cesse de tout marchandiser. Dans un pays comme la RDC, les analystes disent que le seul espoir repose sur la créativité de la société civile d'en bas qui, au lieu de soulager les douleurs et de se limiter aux effets pervers du mal, doit s'efforcer d'analyser la situation, de déceler les causes du drame social et de proposer des alternatives sans faire l'économie de la préservation de l'intégrité territoriale et de l'engagement intellectuel de la jeunesse estudiantine. Pour transformer ces atouts en facteurs de développement et de promotion sociale, il faut instaurer des institutions démocratiques. L'Eglise catholique se trouve engagée de toutes ses forces sur cette voie.

Dans le but d'assurer une éducation civique (…) responsable jusqu'à la base de la société, elle mobilise des hommes et des femmes capables d'entraîner leurs compatriotes sur les chemins de la démocratie. A l'école de la démocratie au Congo, on s'interroge sur la cause de la succession d'échecs. L'établissement des responsabilités se fait parfois sans complaisance et s'accompagne de la recherche des solutions alternatives. Face aux défis de la Transition, l'épiscopat congolais a levé ainsi „une option pastorale fondamen-

---

[99]Cf. HOUTART, F., *o.c.*, p. 147s.

tale d'une éducation civique du peuple, principalement axée sur les élections, en vue de l'avènement d'un Etat de droit. Rompant avec une tradition de la parole sans gestes, de dénonciation sans lendemain et de discours sans actions, cette mystique d'engagement augure de possibles bouleversements dans le cours de l'histoire du Congo (…). Orienté vers les communautés de base, ce programme d'éducation civique vise à instruire le peuple sur les notions de base d'un Etat qui se veut démocratique, en le préparant directement aux élections (…). Plutôt que de se limiter uniquement à combattre les maux politiques qui rongent la société, sans totalement négliger cette dimension, cette éducation veut habiliter le peuple à prendre ses responsabilités en édifiant une démocratie à partir d'en bas"[100].

Tout cela montre que l'institution ecclésiale s'efforce d'adopter la logique de la rigueur et de refuser les solutions de facilité et d'opportunisme. Elle apprend à distinguer certaines pistes de solution:

Résignation : on n'y peut rien; on ne peut que se plaindre, se lamenter sur son sort;

Dénoncer: mais si la dénonciation était efficace, disent certaines personnes, il y a longtemps que l'Afrique aurait retrouvé la paix, la vraie paix.

Résister à la résignation, encourager les réussites toujours partielles, les raconter, les relayer. Se mettre à la recherche des causes du mal congolais et sensibiliser sur la base de l'Evangile à la recherche des alternatives.

Face à la capture de notre envie de penser, oser mélanger la prétendue 'rationalité' à ce qui, sous d'autres cieux, relève de l'"irrationalité' pour fabriquer un monde ni rationnel ni irrationnel.

L'élite ecclésiastique congolaise se préoccupe par moments des exigences globales analytiques de tout intellectuel organique par

---

[100] Education civique pour la préparation des populations aux élections en République Démocratique du Congo. Programme d'action de l'Eglise catholique pour une transition réussie, Kinshasa, Février 2004, p. 8.

rapport aux intérêts de son peuple. C'est la perspective de la réflexion du jeune philosophe Mbelualufu qui, dans le souci de maintenir le lien avec la base populaire à travers le journal *Le Potentiel* de Kinshasa[101], s'efforce d'informer sur l'offensive assassine du néolibéralisme au Congo et en Afrique avant de procéder à la déconstruction des concepts et de l'idéologie de la mondialisation marchande.

Dans nos publications personnelles, nos contacts d'homme à homme et nos engagements dans le monde associatif de la diaspora, nous n'avons cessé, pour notre part, de stigmatiser le danger de renoncer à la fonction politique consistant à assurer une base sociale et matérielle de la population au détriment des programmes d'ajustement structurel organisés avec la complicité de dirigeants locaux. Ces programmes visent à la liquidation et la privatisation de sociétés et d'entreprises d'Etat. Ils apparaissent comme une modernisation de la colonisation dans la mesure où ils proposent, avec un parfait cynisme, comment maintenir le capitalisme libéral mondialisé en procédant à une réduction de la population mondiale, en éliminant les perdants et les inutiles au profit des gagnants, en provoquant la famine, les guerres et les épidémies. Nous sommes engagé dans des actions destinées à démanteler cette logique prédatrice au prix des sacrifices réels. C'est le sens de notre engagement dans le mouvement de la conscience noire.

Lorsque l'Eglise catholique s'efforce, par moments, de correspondre à cet idéal, elle fait figure d'une société civile responsable de la destinée de son peuple.

B) PAR-DELA LES LIMITES, DE NOUVEAUX DEFIS

Ce qui épuise les réserves d'énergies de l'Africain du Congo, c'est de constater avec amertume que l'Eglise congolaise aime dévelop-

---

[101] Les intitulés de ses articles publiés par le journal *Le Potentiel* sont éloquents à ce sujet. Citons à titre illustratif *Revisiter nos tradition millénaires pour guérir de l'esclavage économiciste; La crise congolaise, la dogmatique néolibérale et les fausses croyances; Accord de Mbudi et stabilité macro-économique. Un approche économique dépassée et sadique,* etc.

per une conception angélique de la société civile. Nul ne doute de la nécessité de la charité samaritaine ou d'un témoignage à dimension assistancielle dans un pays où tout le monde croupit dans la misère. Mais il faut plus. A travers sa catéchèse, sa prédication, certains documents officiels[102] et certaines pratiques, l'Eglise du Congo provoque quelque inquiétude dans la mesure où il lui arrive encore de considérer les réalités sociales comme la somme des relations interpersonnelles, de voir dans les individus la seule cause du réel et de reporter sur eux le jugement moral.

On assiste alors au développement de la théologie du mal et de son salut (ou la tradition de la faute, du coupable, de la pénitence et de l'expiation) ayant pris l'importance que l'on sait. Comme s'il fallait s'épuiser à évoquer la responsabilité personnelle pour en arriver là où s'institue une recherche incessante des causes individuelles (non structurelles) et se construire une espèce d'eschatologie judiciaire! Faut-il s'étonner d'assister à la condamnation des abus, sans une remise en cause d'un système qui construit la pauvreté et aggrave les injustices sociales? C'est le drame d'une absence d'analyse des rapports sociaux qui devrait traverser de part en part le discours de l'Eglise du Congo.

Ce qu'il faut souhaiter, c'est de voir celle-ci sensibiliser à un investissement massif du peuple dans l'apprentissage au débat sur les enjeux publics de la foi, de semer dans les consciences un message d'espérance susceptible de délégitimer les structures qui créent les inégalités, et d'appuyer les croyants qui s'engagent dans cette lutte. Il s'agit d'inventer davantage les formes d'une action prophétique qui se nourrit des sciences sociales.

Dans le même ordre d'idées, il convient d'aider les populations à rompre avec les réflexes de subordination hérités de la traite négrière et de la colonisation et à promouvoir l'enseignement de la restitution de la conscience historique à l'heure où le révisionnisme et le négationnisme refont surface et alimentent les théories

---

[102] Inutile de revenir sur les documents dont les patriarches voient la source du mal dans l'homme. Lire KALAMBA NSAPO, S., *Les ecclésiologies d'épiscopats africains. Analyse de contenu*, Bruxelles, Société Ouverte, 2000.

sur l'élargissement de l'écart entre riches et pauvres. Le temps est venu de soutenir les formes d'organisation et de résistance qui s'accordent avec les aspirations nationales et la Parole divine.

Une Eglise prophétique ne devrait pas se gêner d'attirer l'attention des fidèles sur les risques de récupération par des gouvernements, des ONG et des bailleurs de fonds, de toute tentative de dissidence par rapport à la cupidité de la société civile d'en haut. Elle mériterait le reproche de choisir le camp de la bourgeoisie ecclésiale enracinée dans la confusion des genres.

Un autre grand défi: si l'Eglise du Congo prend conscience du fait que la raison du plus fort ne peut construire un projet de bonheur partagé à l'échelle planétaire, il ne faut pas que sa campagne de sensibilisation se limite à l'intérieur du pays. Il lui appartient de promouvoir la conscientisation du contribuable du Nord sur les injustices orchestrées au Sud avec la complicité de l'élite locale. La presse et les politiques de l'Occident tiennent leur opinion publique dans l'ignorance de la barbarie dont se rendent coupables les idéologues et les multinationales en Afrique. Il est temps d'en informer, par la force de l'analyse, les communautés de foi qui refusent de confondre la Parole de Dieu avec les valeurs de la rationalité économique.

Le contact avec l'Occident ne peut conduire les membres ecclésiastiques de la société civile congolaise à se complaire dans un état de perfusion financière et à se perdre dans la quête effrénée des gadgets d'un monde où le dieu argent est devenu fou.

Enfin, il devient étonnant de voir à quel point une Eglise se donne une bonne conscience au terme des prédications et des écrits qui se réduisent parfois à la dénonciation et à la poésie. Il n'est pas mauvais de dénoncerle mal ! Mais si la dénonciation était efficace, il y a longtemps que le Congo aurait retrouvé la paix, la vraie paix. Par ailleurs, la théologie est plus un mode de vie qu'une littérature. Mode de vie, c'est-à-dire „ce à quoi je crois et m'engage; avant d'écrire, j'agis, je m'engage et suis prêt à payer les frais de mes actes". Mais aujourd'hui, on utilise des questions de société pour faire de la poésie: à partir d'un slogan d'une époque, on fait une oeuvre littéraire.

Si l'Eglise catholique ne prend pas toute la mesure de ces défis majeurs, elle rate l'occasion d'apparaître comme une communauté socialement responsable de la destinée nationale.

Faut-il conclure? L'orientation historique des relations entre l'Occident et l'Afrique nous paraît susceptible de comprendre dans une mesure non négligeable les aventures de conquête coloniale et néo-coloniale qui ont déstructuré et déstructurent l'humanité africaine dans toutes ses solidarités charnelles, sociales, politiques, économiques, culturelles et religieuses. Les politiques locales semblent avoir la mission de poursuivre une œuvre historique qui consiste à détruire l'Afrique et à la rayer de la carte du monde. Les efforts de sursaut moral des communautés croyantes – à la fois audacieux et timides - n'ont pas l'air d'entraîner un renversement radical de la situation d'un peuple affaibli.

VIII. CONCLUSION DU CHAPITRE

Loin d'être simplement descriptif, le chapitre inaugural de notre ouvrage a été rédigé dans la perspective d'une réflexion qui permet de prendre la mesure des sentiments mêlés d'essoufflement, de lassitude et de découragement au cœur d'une Afrique et d'une Hémisphère Nord qui font nager les Africains *entre les eaux*. A notre avis, il faut reconnaître qu'on a affaire à un viol répété de l'être africain. Ce qui a été et se trouve en jeu à travers les dictatures indigènes, la colonisation et son éloge, la mondialisation, la haine de l'étranger, le sort réservé aux „immigrés", aux pygmées et à tous les nègres, c'est un drame humain qui s'exprime en termes de profanation, de blasphème, de violence, d'agression, d'irrévérence, d'harassement, d'exténuation, d'asthénie, d'"annihilation anthropologique". C'est le viol de l'imaginaire africain. Qui en sortirait indemne? Qui n'en éprouverait pas la fatigue et le découragement? On comprend pourquoi une littérature romanesque parle d'un intellectuel africain écartelé entre la prostitution du savoir (en faisant des courbettes devant les tenants du pouvoir) et la faim. Arrivé en

Europe, cet intellectuel est étranger au système occidental: étranger aux traumatismes hérités de deux guerres mondiales, au système économique ou à la politique de l'emploi. Il souffre de l'impuissance et de l'épuisement devant un monde cruel.

N'empêche. Il faut envisager l'avenir avec optimisme. Le moment est venu de travailler avec acharnement et détermination à l'édification d'un nouvel imaginaire. L'Afrique ne peut se soustraire à cette tâche historique qui constitue la base d'un nouvel avenir. Pareil projet s'impose dans un contexte où la pressereste focalisée sur une photographie: celle d'un petit Soudanais (ou un Ethiopien) qui meurt de faim, le ventre gonflé et la peau sur les os; celle des guerres économiques qui ont pour nom „guerres ethniques". Cette image qui donne le dégoût de l'Afrique est devenue la carte de visite d'un continent qui pourtant croît en silence, en s'adaptant tant bien que mal aux programmes d'ajustement structurel des institutions financières internationales.

UN NOUVEL IMAGINAIRE POUR REINVENTER L'AFRIQUE

Ce dont se compose un nouvel imaginaire africain constitue l'essentiel de ce deuxième chapitre. Concrètement, notre passé encore vérifiable et exploitable ainsi que notre histoire des traumatismes représentent des atouts pour édifier un avenir rayonnant pour l'Afrique et le monde.

§ I. PERTINENCE ET FONDEMENT D'UN NOUVEL IMAGINAIRE AFRICAIN

„Il y a des réalités qu'on ne voit bien qu'avec des yeux qui ont pleuré".lorsqu'on prend conscience de l'humiliation et de la paupérisation de l'Afrique depuis cinq siècles; lorsqu'on prend la mesure du simplisme qui caractérise certaines approches de l'Afrique et des dérives néo-libérales sur le continent, il est possible de comprendre que les Africains savent mieux que les autres ce qu'une histoire d'esclavage, de colonisation et de re-colonisation a de profondément inhumain et barbare. Ils mesurent en outre la preuve de la mauvaise foi des tenants du pouvoir international.

Mais, „on ne doit pas se moquer de la chèvre sous prétexte qu'elle couche dehors". Elle est témoin des actes de vol et d'exploitation des villages pendant les heures avancées de la nuit. Dans un bosquet où il n'y a plus de singe stupide, l'Afrique devient très vigilante.

Ses souffrances historiques, sa marginalisation économique et son impuissance lui fournissent des atouts pour imaginer un nouvel ordre mondial. L'adversité et la fatigue obligent à profiter de la crise elle-même pour redécouvrir les forces de créativité de l'homme africain. Pourquoi ne pas le souligner? L'Afrique est capable de rebondir dans un contexte des rapports de force en se nourrissant des énergies de son histoire. Selon les mots de Mgr Monsengwo: „L'Afrique vit encore, elle travaille, elle résiste et refuse de mourir. C'est qu'elle est fondée sur un socle de valeurs qui, depuis cinq siècles, l'empêchent de disparaître. L'Afrique a survécu aux affres de l'esclavagisme ainsi qu'aux rudes contraintes de la colonisation et de la guerre froide; à présent elle affronte sans résignation ni défaitisme le joug de la mondialisation. L'histoire de l'Afrique, marquée par tant d'épreuves et de souffrances, est une véritable école d'humanité.

C'est dire que l'Afrique recèle en son sein suffisamment d'énergies et de ressources humaines pour être en mesure de toujours rebondir, se redresser et assumer en toute responsabilité son destin dans l'histoire du monde" (Symposium des évêques d'Afrique et d'Europe à Rome 10-13 nov. 2004).

Dans la perspective de la réinvention de l'Afrique, il faut tirer les conséquences de ces propos et cesser de vanter béatement les avancées de la civilisation scientifique et technologique de l'Hémisphère Nord. Une analyse sérieuse de l'évolution du monde démontre, si besoin en était, que toutes ces performances ne s'inscrivent pas dans le cadre d'un projet humain et solidaire.

A cet égard, les peuples africains ont une responsabilité immense. Leur impuissance imposée par la violence dans le monde actuel est un socle pour poser les bases d'une humanité libérée des dérives de la modernité occidentale. L'Afrique se doit de repenser le meilleur d'elle-même à l'intérieur d'un imaginaire qui se compose de la dynamique de toutes les richesses qu'elle recèle en tant que „terre natale de toute l'humanité"[103]. Contrairement aux falsificateurs de l'histoire, l'Afrique est le berceau de l'humanité et porte

---

[103] L'actuel Secrétaire général du Conseil œcuménique des Eglises soutient les recherches faites dans le domaine de l'égyptologie africaine épurée de toute falsification de la vérité historique. Lire à ce propos: KOBIA, S., *Le courage de l'espérance. Les racines d'une vision nouvelle pour l'Eglise et sa vocation en Afrique*, Paris, Cerf, 2006, p. 25-32.

en son sein tout ce qui a apporté la civilisation à l'ensemble du monde[104]. Philosophie, techniques, sciences, théologie... ces disciplines fondatrices viennent des 4000 ans d'histoire. Nous songeons ici aux productions intellectuelles et matérielles de la Vallée du Nil ou globalement du bassin du Nil-Kongo (Soudan, Egypte, Abyssinie, Afrique Centrale-la civilisation égyptienne est née au sud[105]-) et du désert du Tchad-Niger-Mali-Lybie.

Dans le but de créer un nouvel imaginaire, il importe de libérer l'inventivité des Africains et des chercheurs nègres à travers la restauration de l'histoire de la recherche scientifique et de la pratique universitaire en Afrique susceptible de relancer le programme de renaissance africaine.

Théophile Obenga écrit: „il faudra un travail plus détaillé et plus approfondi pour exhumer intelligemment l'ensemble du patrimoine cognitif africain et sa production historique. Quelques centres et foyers universitaires fameux (...) occupent une place de choix dans la tradition universitaire africaine et humaine dans l'ensemble. Une des caractéristiques de la production des connaissances sur le continent, et donc de la tradition universitaire africaine, est le lien entre le temple, le palais et le savoir, équilibre, interpénétration et osmose, le parfait modèle en étant la „Maison de vie" de l'Egypte pharaonique, Per-Ankh. Institutions de haut savoir situées dans les abords des grands temples, munies de bibliothèques, elles accueillaient des savants, lettrés, scribes, prêtres, philosophes voués à la réflexion et à la méditation.

---

[104] Nous évoquons des témoignages historiques de savants grecs qui appuient cette idée.

[105] En effectuant une migration du sud vers le nord, les Africains ont colonisé progressivement ainsi les berges du Nil. Les Égyptiens anciens sont les descendants des Soudanais de l'Antiquité (les Grecs anciens l'ont dit). Pour se désigner eux-mêmes, ils utilisaient le mot *kame*, c'est-à-dire „les noirs". C'est au Soudan que l'on trouve les plus anciennes traces de leur civilisation. Les noms *kam* ou *cham* proviennent de la racine *KM*. Ils sont utilisés par d'autres peuples pour désigner les africains de l'époque pharaonique. OMOTUNDE, P., *Les Humanités Classiques Africaines pour les enfants*, vol. 1, Paris, Menaibuc, 2006, p. 58.

L'idéologie pharaonique est l'œuvre de ces savants qui ont légué pyramides, obélisques, édifices monumentaux, spiritualités et avancées pratiques et théoriques décisives dans la mécanique, la géométrie, l'astronomie, la médecine, la chirurgie,…Les „Maisons de vie" Perou-Ankh étaient par conséquent d'éminents centres scientifiques de recherche et d'enseignement supérieur qui formaient l'élite de la société. Plus tard lorsque l'Egypte perdra son indépendance, la tradition africaine des „Maisons de vie" sera reprise dans la création et l'animation du Musée et de l'école d'Alexandrie, cette ville en terre africaine créée par Alexandre de Macédoine. Centre artistique, littéraire, scientifique et philosophique de tout l'Orient, doté de la fameuse bibliothèque d'Alexandrie et de ses 900 000 manuscrits, cette école sous la divine protection de la déesse Isis continuait la tradition africaine pharaonique, comptant de nombreux savants parmi lesquels beaucoup d'Africains, dans les domaines de la physique, des mathématiques, de la philosophie, de la grammaire, de la poésie, pharmacologie… (…). Les impressionnantes constructions de pierres de Zimbabwe (…) abritaient aussi très probablement, selon le professeur Obenga, des temples, des communautés de savants, de docteurs -Nganga en Afrique Centrale. Il fallait en effet un niveau extrêmement élevé de connaissances et d'éducation pour développer une architecture monumentale de référence mondiale (…)[106]„.

La construction d'un nouvel imaginaire doit nécessairement s'enraciner donc dans les grandes civilisations du bassin du Nil-Kongo, dans celles de la région ou du désert du Tchad-Niger-Mali jusqu'à l'Atlantique et la mer Méditerranéenne (plus ou moins 4000 av. J.-C.) et dans celle du Nigeria (plus de 2000 av. J.-C.). Cette vérité historique dévoile aux Africains „leur être de grandeur, leur être de lumière, leur splendeur originelle dans un imaginaire de rayonnement vital. Ici on se construit une origine, on l'invente même et on décide de s'engager à correspondre à ses

---

[106] *L'Université Africaine dans le cadre de l'Union Africaine*, Pyramide Papyrus Presse, 2003. Se référer à la couverture du livre.

exigences dans la vision que l'on a de soi. On se donne un nouvel être, illuminé dans ses origines et enfanté dans une nouvelle créativité ontologique. Ainsi compris, l'imaginaire des (…) Africains ne peut être qu'un imaginaire d'un être nouveau, différent de la fausse origine sauvage dans laquelle on avait voulu enfermer les nègres.

Dans la vision d'elle-même que l'Afrique acquiert dans sa rénovation de son être, les (…) Africains s'aperçoivent de ce qu'ils sont : le berceau de la culture et de la civilisation, les fondateurs de l'humain. C'est cette Afrique fondatrice de l'humain qui devra être la substance de notre imaginaire : le nouveau mythe fondateur de notre être, qu'il faut étudier dans toutes ses dimensions et dans toute sa réalité, de manière scientifique, philosophique et socioanthropologie. Ce mythe, il convient de l'illuminer en faisant de lui la lumière de l'Afrique dite traditionnelle. Celui-ci, dans la dimension vague qu'il a dans nos esprits et le rayonnement vital qu'il a comme espace purement fantasmé, devra être rempli de repères vitaux à découvrir ou à inventer purement et simplement, pour enseigner aux enfants une histoire qui soit non pas une histoire des ténèbres ou de la défaite, mais une histoire d'une destinée lumineuse : le passé africain tel qu'en nous l'imaginaire le change et l'embellit. N'ayons pas peur d'être accusés d'exalter des retours inutiles à des mythologies qui ne mènent nulle part. Il ne s'agit pas de cela. Il s'agit de nous inventer nous-mêmes aujourd'hui dans un nouvel être embrasé par un nouveau passé. **Les grands peuples ont toujours su se composer des origines, qu'il s'agit des peuples du miracle grec, des peuples de l'élection divine ou des peuples du nouveau messianisme chrétien**"[107].

Ce qui précède met en garde contre les marchands de la pseudo-modernité. Ces derniers, de souche africaine ou non, savent qu'ils dépouillent l'Occident de son identité en l'amputant de sa matrice biblique. Ils imaginent à quel point la Grèce n'aurait plus de philosophie si on rayait Aristote ou Platon de sa carte philosophique. Au

[107] Kä Mana, dans le journal congolais *Le Potentiel* du 02 mars 2006. C'est nous qui soulignons.

95

sujet de l'Afrique, ils osent parler d'un passé inutile et moribond. Il faut cesser de prendre en compte le discours de ces conseillers bénévoles au moment où s'impose l'édification d'une nouvelle vision de l'avenir.

§ II. FIERTÉ D'ÊTRE NÈGRE

La construction d'un mythe fondateur est une perspective qui s'explique à la lumière d'une histoire coloniale déjà connue et des justifications épistémologiques sur lesquelles s'est appuyé le système colonial pour s'accaparer de l'histoire des nègres. Un mot sur quelques pseudo-légitimations pour mieux comprendre le bien-fondé de notre recours à la pensée qui permet de restituer sa place historique et indépassable à la civilisation millénaire africaine dont il faut être fier.

A ce sujet, tout le monde se souvient de Hegel (1770-1831) et de Heidegger (1889-1976) qui nient l'Afrique et situent l'origine de la rationalité dans le monde grec. Hegel écrit: „Chez les Grecs, nous nous sentons aussitôt chez nous, car nous nous trouvons sur le terrain de l'esprit et si l'origine nationale et la diversité des langues peuvent se poursuivre plus haut jusque dans l'Inde, l'ascension proprement dite cependant et la véritable renaissance de l'esprit doivent être cherchés d'abord en Grèce"[108]. A propos de l'Afrique des nègres séparée de l'Egypte que la frustration occidentale rattache à l'Orient, Hegel souligne que „le nègre représente l'homme naturel dans toute sa sauvagerie et sa pétulance"[109]. Pourtant la vérité historique dément ces affirmations. L'intelligentsia africaine reproche à Hegel de n'avoir pas tenu compte de la description de l'Afrique par le géographe hollandais Olfert Dapper publié en 1668 et dont une première édition allemande date de 1671. Sans oublier l'écrit de l'Abbé Grégoire paru en France en 1808 concernant le thème: *De la littérature des Nègres ou recherches sur leurs facultés intellectuelles, leurs qualités morales et leur littérature;*

---

[108] HEGEL, G.W.F., *Leçons sur la Philosophie et l'Histoire*, J. Vrin, 1987, p. 172.
[109] *Ibid.*, p. 75s.

suivies de Notices sur la vie et les ouvrages des Nègres qui se sont distingués dans les Sciences, les Lettres et les Arts[110]. Ce livre avait fait l'objet d'une publication en allemand en 1806 à Hanovre. Peut-on prouver qu'un philosophe des *Lumières* n'ait pas pris connaissance de tous ces documents? [111]

Dans un contexte où l'Afrique est située en dehors de l'histoire universelle, il n'est pas possible de lui attribuer une pensée. Celle-ci, soutient M. Heidegger, s'origine dans le monde grec: „la 'philosophie' est grecque dans son être même; grec veut dire ici: la philosophie est dans son être originel, de telle nature que c'est d'abord le monde grec et seulement lui qu'elle a saisi en le réclamant pour se déployer... La philosophie est grecque dans son être propre ne dit rien d'autre que l'Occident et l'Europe sont, et eux seuls sont, dans ce qu'a de plus intérieur leur marche historique, originellement 'philosophiques'. C'est ce qu'attestent la naissance et la domination des sciences. C'est parce qu'elles prennent source dans ce qu'a de plus intérieur la marche historique de l'Occident européen, entendons le cheminement philosophique, c'est pour cela qu'elles sont aujourd'hui en état de donner à l'histoire de l'homme sur toute la terre l'empreinte spécifique"[112].

Nous sommes au cœur de la falsification de l'histoire par ceux qui veulent s'affirmer en dévalorisant l'Afrique. Pourtant, les Grecs n'ont jamais minimisé le niveau et l'ampleur des connaissances de leurs maîtres originaires de l'Egypte négro-africaine. C'est en

---

[110] Lire SOMET, Y., *L'Afrique dans la philosophie. Introduction à la philosophie africaine pharaonique*, Paris, Khepera, 2005, p. 32-33.

[111] Hegel aurait dû lire également *Titres de gloire des Noirs sur les Blancs* coulé de la plume d'un certain Jâhiz qui a vécu au VIIIè siècle de notre ère à Bassora (Irak). Voir HADDAD, A., MUFUTA, K., MUTUNDA, M., *Fakhr As-Sûdân àla al-Bîdân* ou *Titres de gloire des noirs sur les blancs*, Paris, Société d'Edition d'Enseignement Supérieur, 1989. L'ouvrage rappelle notamment „le bilan positif d'une interfécondation culturelle à travers laquelle l'Afrique noire a apporté à d'autres civilisations des éléments régénérateurs tant dans la littérature avec 'Antara' que dans la philosophie avec 'Jahiz' et la musique avec 'Ziryab...etc".

[112] HEIDEGGER, M., „*Qu'est-ce que la philosophie?*", in *Questions I et II*, Paris, Gallimard, 1990, p. 321s.

97

Egypte qu'ils ont reçu la connaissance de ce dont on les honore en contexte impérial. Il suffit d'évoquer quelques témoignages. Deux mille ans avant Archimède, les Egyptiens avaient déjà établi la formule rigoureuse de la surface de la sphère: $S = 4 \, _{\text{II}} \, R^2$. Les Egyptiens ont inventé la balance et le calendrier. Selon Struve, il n'y a plus aucune raison de rejeter le point de vue des écrivains grecs selon lequel les Egyptiens étaient les maîtres des Grecs en géométrie. Les Egyptiens ont développé des connaissances très avancées et théoriques concernant la quadrature du cercle, en Trigonométrie, en Algèbre, en Chimie, en Architecture, etc...[113].

Les Grecs attribuent aux Egyptiens leur véritable mérite dans l'éclosion des sciences et de la philosophie. Hérodote traite Pythagore de simple plagiaire des Egyptiens. Jamblique, biographe de Pythagore, écrit que tous les théorèmes des lignes (Géométrie) viennent d'Egypte où ce dernier apprit la Géométrie, l'Astronomie, etc (après y avoir séjourné pendant vingt-deux ans à l'école des prêtres noirs égyptiens)... sur conseil de Thalès, premier élève grec des Egyptiens. Qu'est-il écrit au sujet de la rencontre de Thalès et de Pythagore? „Thalès l'accueillit (accueil de Pythagore s'entend) avec joie et ayant admiré sa supériorité par rapport aux autres jeunes gens, ayant reconnu qu'elle était plus grande et dépassait même la réputation qui l'avait précédé, il lui donna part à toutes les connaissances dont il disposait et invoquant sa propre vieillesse et sa faiblesse, il l'exhorta à cingler vers l'Egypte et à aller rencontrer tout particulièrement les prêtres de Memphis et Diospolis, c'est d'eux en effet, que lui aussi, disait-il, avait acquis le bagage qui lui avait valu auprès du vulgaire le nom de sage. Néanmoins, ni la nature, ni l'entraînement ne lui avaient donné autant d'avantages que ceux qu'il voyait chez Pythagore; si bien qu'il annonçait que forcément, s'il allait trouver les prêtres en question, il deviendrait le plus divin et le plus sage d'entre tous les hommes (grecs). Tout heureux, il fit sans tarder, selon les instructions de Thalès, la traversée vers l'Egypte avec des marins égyptiens (...).

---

[113] Cf. DIOP, C.A., *Civilisation ou barbarie? Anthropologie sans complaisance*, Paris, Présence Africaine, 1981, p. 293s.

A partir de là, il alla visiter tous les temples avec le plus grand zèle, en les examinant soigneusement; il suscitait ainsi l'admiration et l'affection chez les prêtres et les prophètes qu'il y rencontrait et se faisait instruire dans les moindres détails sur chaque chose, ne négligeant nul enseignement de ceux qui étaient réputés à son époque ni aucun homme parmi ceux qui étaient connus pour leur sagesse, ni aucun mystère où qu'ils se tinssent, ni aucun lieu sans aller le visiter, où, pensait-il, par sa visite il pourrait découvrir quelque chose de particulièrement intéressant. C'est pourquoi il se rendit auprès de tous les prêtres, s'instruisant auprès de chacun d'entre eux sur tout ce en quoi chacun d'eux était sage. Il passa ainsi 22 ans en Egypte dans le secret des temples à s'adonner à l'astronomie et à la géométrie et à se faire initier non pas superficiellement ni n'importe comment, à tous les mystères des dieux, jusqu'au moment où, fait prisonnier par les troupes de Cambyse, il fut emmené à Babylone (…) Pythagore acquit en Egypte la science pour laquelle on le considère en général comme savant". (Cf. *Vie de Pythagore*, éd.Les belles lettres, 1996)[114].

Aristote atteste le caractère essentiellement théorique et spéculatif de la science égyptienne et tente d'expliquer l'émergence de celle-ci par le fait que, dégagés des préoccupations matérielles, les prêtres égyptiens avaient tout le temps nécessaire pour approfondir la réflexion théorique[115]. Selon Hérodote, les Egyptiens sont les inventeurs exclusifs de la Géométrie qu'ils ont enseignée aux Grecs; ayant passé cinq ans d'initiation en Egypte, le philosophe Démocrite se vante d'égaler les Egyptiens en Géométrie, etc…[116].

---

[114] Cf. OMOTUNDE, J.-P., *L'origine négro-africaine du savoir grec*, vol. 1, Paris, Coll. Connaissance du monde nègre, Paris, Ed. Menaibuc, 2000.

[115] Il semble que les conditions climatiques favorables (soleil radieux, nourriture abondante...) ont permis aux nègres de prendre le temps d'"observer la nature et les astres et d'en déchiffrer leurs lois"Aussi les prêtres noirs égyptiens ont-ils bénéficié d'un encadrement du pouvoir qui rend possible le développement des études. En Europe, c'était la lutte pour la survie dans un froid aride qui ne pouvait faire éclore une pensée intellectuelle (OMOTUNDE, J.-P., *o.c.*, p. 93). Sans oublier les méfaits de la dictature en Grèce.

[116] Cf. *ibid.*, p. 324-325.

Cela dit, Anta Diop s'applique à prouver le caractère nègre de cette Egypte ancienne qui est le berceau des sciences et de la philosophie. Il le fait en mettant à profit les ressources de la chronologie absolue, de l'Anthropologie physique, de l'Archéologie préhistorique, de la Linguistique comparée[117]. La négrité de la civilisation égypto-nubienne devient indubitable grâce à la confirmation, par des fouilles, d'une hypothèse déjà ancienne: la civilisation nubienne est la plus vieille de l'humanité et elle a donné naissance à la civilisation égyptienne, elle-même peuplée de noirs jusque dans ses couches les plus élevées[118].

Des témoignages éloquents appuient la thèse du caractère négroïde des anciens égyptiens.

On ne peut mettre en doute le fait que Thalès s'était instruit en Egypte auprès des prêtres noirs.

En tant que pigmentologue grec ou théoricien des couleurs, Aristote souligne également la noirceur des Egyptiens et des Ethiopiens. Les anciens égyptiens étaient *extrêmement noirs*. Cette affirmation n'est pas basée sur des études d'ethnologie ou d'anthropologie, mais sur les sciences naturelles (la zoologie ou la biologie). Le philosophe Bilolo note que la visée d'Aristote était d'"élaborer des règles qui (…) permettraient de déduire certaines caractéristiques physiques et sociales de certains types d'animaux ou d'hommes à partir de la couleur de leur peau ou de l'intensité de cette couleur"[119].

Plutarque informe sur le culte de la négritude en Egypte pharaonique. Cet écrivain grec qui a vécu entre + 45 et + 120 ou + 125 de notre ère et reste un témoin oculaire de deux premiers siècles de la même ère, parle de l'Egypte après l'occupation perse, grecque et

[117] Lire *Nations nègres et Culture*, Paris, Présence Africaine, 1979; Antériorité des civilisations nègres: mythe ou vérité historique?, Paris, Présence Africaine, 1967; *Parenté génétique de l'égyptien pharaonique et des langues négro-africaines*, Dakar, IFAN-NEA, 1977.

[118] Se référer à la note précédente.

112 BILOLO, M., *Aristote et la mélanité des anciens égyptiens*, in *Ankh* (revue d'égyptologie et des civilisations africaines), n° 6/7, 1997-1998, p. 146.

romaine. „Dans cette Egypte, occupée par les Grecs, le Romains et les descendants des Perses et des Juifs, Plutarque nous dit que les Egyptiens qui s'identifiaient à Osiris excluaient, discriminaient les Non-Nègres. Ils évitaient et interdisaient tout contact avec ces hommes qui ressemblaient au Typhon, donc avec des Rouges, Jaunes, Pâles, ... bref avec tous ceux qui s'appellent aujourd'hui Leucodermes.

Plutarque parle de l'aversion des descendants du Roi Osiris et de sa sœur-épouse Isis, donc des Kame (=Egyptiens) contre les Perses, les Arabes. Parmi les exemples des Peuples Typhoniens cités explicitement, nous rencontrons les Sémites ou les Hébreux sans oublier les Grecs et les Romains à qui on donnait la viande des animaux qui leur ressemblaient, le cas de la viande de l'âne et du porc.

Certains exemples, non attestés dans les sources pharaoniques, pointent en direction d'une tendance qu'on pourrait appeler: *Extrême Droite Nègre dans l'Antiquité*. Les Egyptiens se positionnent comme faisant partie intégrante de l'Oecumène-Sud, de la Région Méridionale du Monde, allant du Delta jusqu'au-delà de l'Afrique Centrale. Voilà des faits troublants, qui remettent radicalement en question, au même titre que le témoignage d'Aristote (-389/-322) qui décrivait des Egyptiens comme „extrêmement /trop Nègres" (…), toutes les conjectures fantaisistes modernes sur l'Egypte multi-colore ou blanche" (Bilolo).

La civilisation du bassin du Nil-Kongo – sans oublier celle de la région du Tchad-Niger-Mali - n'est pas seulement à la base d'une création architecturale hors du commun et des connaissances qui constituent un héritage de plus de 3000 ans de civilisation. Sa connaissance de Dieu, son enseignement sur la résurrection, sa sagesse, son art…, font partie de ces cultures de l'époque dont l'Afrique peut, à juste titre, dégager une inspiration vivante.

Ces faits historiques constituent un démenti massif face à la falsification historique à laquelle se livrent Hegel, Heidegger et toute une école d'égyptologie, commettant ainsi un crime contre l'humanité dont les écoles africaines et occidentales ont du mal à réparer les dégâts. Un crime aux multiples facettes dont l'Africain ressent encore le contrecoup.

Au vu de ce qui précède, il faut effectivement créer un nouvel imaginaire à transmettre à toutes les couches de la population africaine. Un nouvel imaginaire qui fera naître la fierté d'être noir et capable de mettre en échec toute tentative de déconstruction de sa personnalité. Aucune société ne peut avancer „sans un sentiment au minimum d'acceptation de soi"[120]. „La fierté d'être soi a animé le développement de la plupart des civilisations et des cultures (…) Pourquoi les Africains seraient-ils les seuls à ne pas avoir au cœur la fierté d'être eux-mêmes? Le spectacle de ces jeunes africaines qui se rongent la peau avec des produits corrosifs pour la blanchir fait frémir"[121]. Les pays africains ne sortiront pas du gouffre s'ils continuent à pratiquer le mimétisme. Une association sénégalaise constituée en 2001 mesure l'importance du problème. Elle ambitionne de faire entendre un message même devant les enfants de la diaspora: „*Fiers d'être noir. De cette fierté qui doit s'actualiser dans les actes et comportements de tous les jours, référencés aux valeurs africaines positives. Vouloir singer l'autre, c'est programmer sa mort spirituelle*"[122]. Il est nécessaire, pour chaque Africain, de devenir „un autre homme, animé d'une conscience historique" et un „Prométhée porteur d'une nouvelle civilisation et parfaitement conscient de ce que la terre entière doit à son génie ancestral dans tous les domaines de la science, de la culture et de la religion"[123]. C'est dans cet ordre d'idées qu'il importe de comprendre l'interpellation suivante de C.A. Diop aux jeunes intellectuels africains: „Notre génération n'a pas de chance, si l'on peut dire, en ce sens qu'elle ne pourra pas éviter la tempête intellectuelle: qu'elle le veuille ou non, elle sera amenée à prendre le tau-

---

[120] ROBERT, A.-C., *L'Afrique au secours de l'Occident*, Paris, Les Editions de l'Atelier/Les Editions Ouvrières, 2004, p. 88.

[121] *Ibid.*

[122] *Ibid.*, p. 87. Souligné dans le texte. Anne-Cécile Robert cite avec insistance Mbégane Ndour, un penseur africain.

[123] DIOP, C.A., *Civilisation ou barbarie? Anthropologie sans complaisance*, Paris, Présence Africaine, 1981, p. 16.

reau par des cornes, à débarrasser son esprit des recettes intellectuelles et des bribes de pensée, pour s'engager résolument dans la
seule voie vraiment dialectique de la solution des problèmes que
l'histoire lui impose (…). C'est une conjoncture historique qui
oblige notre génération à résoudre dans une perspective heureuse
l'ensemble des problèmes vitaux qui se posent à l'Afrique (…). Si
elle n'y arrive pas, elle apparaîtra dans l'histoire de l'évolution de
notre peuple comme la génération de démarcation qui n'aura pas
été capable d'assurer la survie culturelle, nationale, du continent
africain; celle qui, par cécité politique et intellectuelle, aura commis la faute fatale à notre avenir national, elle aura été la génération indigne par excellence, celle qui n'aura pas été à la hauteur
des circonstances"[124].

Il y a là un appel à assumer le statut critique dans l'Afrique actuelle. Critique consistant à penser autrement dans le but de changer la face de la terre, de crier à la face du monde que nous ne
sommes pas des citoyens de seconde zone.

Pour bâtir un monde meilleur à habiter, l'Afrique a le devoir
d'offrir le meilleur d'elle-même qui justifie sa fierté dans un
contexte où des projets scientifiques se caractérisent par la volonté
d'hégémonie et de destruction humaine et écologique.

A titre d'exemple, il convient de se référer à un conte qui se rap-
porte à „la fourmi sur le petit sentier fabuleux" (*luswa mu kajila
nyonganyonga*)[125]:

> Pour vivre heureux et fort,
> il faut donner la vie,
> pour vivre heureux et fort
> il faut laisser vivre,
> pour vivre heureux et fort,

---

[124] *Id., Les fondements économiques et culturels d'un Etat fédéral d'Afrique Noire,*
Paris, Présence Africaine, 1974, p. 28.
[125] Conte de la tradition *luba,* raconté selon F. Kabasele-Lumbala; on peut retrouver une autre version dans le journal *Tshondo,* 2000, Avril- Mai-Juin, p.15.

il faut s'entraider à vivre

Un jour, la fourmi „Luswa" se mit en route pour aller se marier

Elle se dit :

„Ah que je me sens si seule,
j'en ai marre d'être célibataire,
La solitude n'a jamais épanoui personne
Voici que la terre se remplit de voyous et de malfaiteurs,
Et je risque de trouver la mort, sans laisser de descendance
Il faut que je me marie, et je vais de ce pas chercher femme";

elle emprunte alors le petit sentier fabuleux qui serpentait la région.

Mais la poule tout affamée, guettait au bord du petit sentier;
Elle aperçut la fourmi ailée qui sautillait;
Oh, se dit-elle, quelle chance aujourd'hui,
C'est un repas tout frais qui s'amène pour moi.
Quand la fourmi ailée fut arrivée tout près, à portée de son bec,
La poule se dit : ne soyons tout de même pas sauvages,
Commençons par saluer notre victime,
et amadouons-la avec de bonnes paroles.

„Bonjour mon amie la fourmi, où vas-tu ainsi d'un pas si décidé"?

La fourmi répondit :

„voyez-vous, je me sens si seule,
j'en ai marre d'être célibataire,
La solitude n'a jamais épanoui personne,
Voici que la terre se remplit de voyous et de malfaiteurs,
Et je risque de trouver la mort, sans laisser de descendance
Il faut que je me marie, et je vais de ce pas chercher femme".

La poule se dit :
„au lieu de n'engloutir qu'une seule fourmi,
Il vaut mieux attendre le moment du mariage,
pour en engloutir deux à la fois",
Et elle dit à la fourmi :
„Ah quel beau projet, je me joins à vous pour y assister";
Et la poule se mit à la suite de la fourmi,
Sur le petit sentier fabuleux qui serpentait la région.

Un peu plus loin, se trouvait le chacal;
Des deux énergumènes qui venaient,
ses yeux fixèrent surtout la poule;
Il se lécha les babines, en disant :
„ça fait longtemps que je n'ai plus croqué de poule";
Il se mit à l'affût et sortit les griffes de ses pattes;
Mais, il se dit :
„c'est bizarre de voir une poule suivre si calmement
une fourmi,
n'y aurait-t-il pas là quelque piège
sur ce sentier fabuleux qui serpente la région?
Commençons par être gentils et calmes,
puis nous agirons, le moment venu".

„Bonjour mes amis, où allez-vous ainsi, l'un et l'autre,
Y a-t-il un événement quelconque qui vous rassemble
ainsi ?"
La poule qui avait commencé à trembler en voyant le
chacal
répondit : „non pas particulièrement;
j'accompagne mon amie la fourmi quelque part";
et la fourmi d'ajouter :
„voyez-vous, je me sens si seule,
j'en ai marre d'être célibataire,
la solitude n'a jamais épanoui personne,

voici que la terre se remplit de voyous et de malfaiteurs,
et je risque de trouver la mort, sans laisser de descendance.
Il faut que je me marie, et je vais de ce pas chercher femme".
Ah ah ! quel beau projet;
permettez que je vous accompagne moi aussi,
peut-être que j'y prendrai leçon pour moi-même,
et j'aurai l'occasion d'un beau repas...
Et il se joignit à eux,
la fourmi en avant, suivie de la poule et du chacal.

A peine avaient-ils fait une centaine de mètres,
qu'ils entendirent une voix ronronnant dans les buissons.
c'était le léopard : il avait faim et s'était mis à l'affût, pour du gibier.
Il avait senti l'odeur du chacal, et s'apprêtait à sauter sur lui,
quand il aperçut la poule et la fourmi;
il calma sa fougue, et se dit :
„ne soyons pas si pressés devant la nourriture;
un peu de civilité ne nous fera pas de mal;
saluons d'abord et informons-nous".
„Bonjour mes amis", s'empressa-t-il de dire !
„où allez-vous ainsi, à la queue leu leu,
comme s'il s'agissait d'une fête ?"
Le chacal qui était pris de panique devant le léopard répondit :
„c'est que je suis en train de tenir compagnie à la poule,
qui m'amène quelque part..."
Et la poule d'ajouter :
„moi je voyage avec la fourmi, pour qu'elle ne soit pas toute seule";
et la fourmi de compléter :
„voyez-vous, je me sens si seule,
j'en ai marre d'être célibataire,

la solitude n'a jamais épanoui personne,
voici que la terre se remplit de voyous et de malfaiteurs,
et je risque de trouver la mort, sans laisser de descendance.
Il faut que je me marie, et je vais de ce pas chercher femme".

„Oh quel projet extraordinaire, dit le léopard;
ça vaut vraiment le coup que nous nous y mettions tous;
je vous accompagne,
car on dit que le mariage est un panier périlleux;
il ne peut être porté à bonne destination que par ceux qui sont sages;
je voudrais aussi devenir sage en votre compagnie; allons-y !"
Et la troupe des êtres s'agrandit,
sur le sentier fabuleux qui serpentait la région.

Le petit sentier grimpait et descendait,
Et tout d'un coup, sur une butte élevée, on entendit crépiter du feu;
Tout le monde s'arrêta,
et on vit une flamme s'élever au dessus des têtes;
La flamme cherchait qui dévorer...et elle dit :
    „Où allez-vous ainsi à la queue leu leu,
    avec le chef léopard en queue de file ?"
Le léopard, qui d'habitude a la trouille devant les feux de brousse, répondit :
    „c'est que je vais accompagner mon ami le chacal
    dans un voyage de noces !"
Et le chacal d'ajouter :
    „Oui, j'ai suivi mon amie la poule dans ce projet;"
Et la poule de compléter :
    „en réalité,

ce n'est pas moi qui cours en noces, mais mon amie la fourmi".

Alors la fourmi s'empressa d'expliquer :

„voyez-vous, je me sens si seule,

j'en ai marre d'être célibataire,

la solitude n'a jamais épanoui personne,

voici que la terre se remplit de voyous et de malfaiteurs,

et je risque de trouver la mort, sans laisser de descendance.

Il faut que je me marie, et je vais de ce pas chercher femme".

Le feu se dit : là au mariage, on aura certainement besoin du feu,

et je ne vais pas manquer l'occasion de lécher des cuisses de bêtes,

et comme je serai tout juste à côté du léopard,

j'en profiterai pour lécher sa belle peau;

et il leur dit :

„comme le chef léopard est en route,

on ne peut laisser le chef sans le feu;

je vous accompagne, et je me régalerai avec vous".

Et le feu s'ajouta à la file des êtres,

sur le petit sentier fabuleux qui serpentait la région

Le chemin paraissait long, quand tout d'un coup,

dans une descente, apparût l'eau;

et les voyageurs se dirent :

„voici l'eau, nous allons la boire et nous désaltérer".

Et l'eau se dit : „voici des gens qui s'amènent,

je vais les engloutir et les noyer pour me rassasier".

Mais voyant la troupe s'approcher,

elle distingua une compagnie bizarre, inhabituelle;

et elle se dit : „ne nous précipitons pas,

commençons par être gentille, afin de comprendre ce qui se passe".

Et elle les salua : „Bonjour mes amis, où allez-vous ainsi,
dans une suite si inhabituelle"?

Et le feu qui craignait l'eau répondit précipitamment :
„c'est que j'accompagne suis le chef léopard,
car partout où le chef débarque, on m'allume";
Et le léopard d'ajouter : „oui, je suis en quête de sagesse,
et j'accompagne le chacal";
Et le chacal d'expliciter : „oui,
je suis en train de suivre mon amie la poule";
Et la poule compléta : „moi j'ai suivi la fourmi qui va à des
noces";
Et la fourmi d'achever :
„voyez-vous, je me sens si seule,
j'en ai marre d'être célibataire,
la solitude n'a jamais épanoui personne,
voici que la terre se remplit de voyous et de malfaiteurs,
et je risque de trouver la mort, sans laisser de descendance.
Il faut que je me marie, et je vais de ce pas chercher femme".

Quelle belle compagnie vous faites, répondit l'eau;
j'ai vraiment envie de vous connaître et de partager votre
suite;
je me mets en route avec vous,
cela fait une éternité que je n'ai plus assisté à un mariage.
Et l'eau se mit en route avec eux.

Puis, le petit sentier fabuleux qui serpentait la région
déboucha sur une clairière;
là, tout au fond, apparut une grosse termitière;
c'est là que la fourmi avait repéré sa future.
Toute la troupe fut accueillie par des cris de joie,
Et on les fit s'asseoir, en attendant que la fiancée vienne les
saluer.

Au moment où la future apparut,

belle et gracieuse fourmi ailée parmi d'autres fourmis,
la poule se précipita dans un mouvement d'une violence extrême;
son bec allait se refermer sur le corps d'une fourmi,
quand un grand nuage ténébreux enveloppa les voyageurs;
ils entendirent une voix résonner de l'intérieur de la termitière;
la voix disait : oui, poule, tu peux manger la fourmi,
mais quand tu l'auras mangée et que tu seras rassasiée,
le chacal qui est dans les parages t'avalera;
et quand le chacal sera comblé,
il sera mis en pièces par le léopard qui se tient à côté;
puis quand le léopard se sera empiffré des viandes du chacal,
il sera englouti par le feu, brûlé et réduit en cendres.
Ensuite, les cendres brûlantes seront éteintes et inondées par l'eau...
Et à la fin, moi le firmament, j'évaporerai toute l'eau.

Une frousse bleue s'empara de tous les êtres qui étaient là;
toute envie de s'attaquer les uns aux autres les quitta soudainement;
c'est alors que la lumière réapparut, et,
ils comprirent que pour vivre heureux et fort,
il faut donner la vie,
pour vivre heureux et fort
il faut laisser vivre,
pour vivre heureux et fort,
il faut s'entraider à vivre

(Kabasela Lumbala)

C'est à l'honneur des artistes talentueux congolais de prendre la mesure de telles sagesses pour la construction de l'avenir et de contribuer, dans le domaine de la musique, à l'édification de l'imaginaire du congolais du Kasaï à la lumière d'une production artistique qui peut avoir un impact profond sur les consciences. Nous avons eu la chance d'encadrer l'orchestre congolais connu sous le nom des „Bayouda du Congo". Pendant deux ans, nous avons fait un investissement massif dans le domaine de l'expression d'une musique engagée qui échappe à une neutralité politique inopérante et de la promotion de la langue et de la culture *luba*. La langue *luba* a permis d'articuler les réalités culturelles et sociales de manière symbolique, de porter un regard critique sur la société au travers d'un ensemble de mots et d'idées puisés dans le terroir du Kasaï en R.D. Congo.

Tshala Mwana est une fille de notre peuple dont la musique se situe dans la même perspective au temps où les Bayouda du Congo n'avaient pas encore bénéficié d'une grande audience au niveau national. Au niveau international, elle a offert à plus d'une personne l'occasion de s'intéresser à la langue *luba*, d'en apprécier le génie propre et la manière dont elle permet d'exprimer une critique sociale qui ressemble à l'indocilité et l'insoumission au cœur des turbulences politiques.

Nous devons prendre conscience de l'apport immense d'une musique qui ne détourne pas des enjeux essentiels de la vie africaine. Il est des formes d'art qui poussent à abdiquer notre humanité et à nous valoriser dans le regard de l'autre, d'un Christian Dior ou d'un personnage du Hollywood. L'Afrique n'a que faire de telles représentations de soi et de cet esclavage mental. Elle a besoin d'un art qui s'écarte délibérément de l'ordre en vigueur et d'une production artistique qui n'est pas dictée par des gesticulations politiques et des intérêts idéologiques. Seule la créativité artistique des Bayouda du Congo et de Tshala Mwana inscrite dans cet horizon mérite notre éloge dans la mesure où elle accepte d'épurer tout son travail présent et à venir de toute vulgarité et de toute trahison.

§ III. INSTITUTIONS-LABORATOIRES D'UN NOUVEL IMAGINAIRE

Au niveau institutionnel, il existe, notamment en France, une institution indépendante qui travaille vigoureusement à ce travail d'invention d'un nouvel imaginaire. Il s'agit de l'Institut Africamaat dont le lancement aurait eu lieu au cours d'un certain octobre 2004.

1. La vocation de l'Institut Africamaat:

Héritière de l'école historiographique initiée par le professeur Cheikh Anta Diop, l'Institut Africamaat contribue à la Renaissance Africaine. L'Institut se fixe pour mission de promouvoir pédagogiquement l'histoire scientifique panafricaine et de transmettre la passion de la recherche à de futurs spécialistes panafricains. Il s'associe aux efforts entrepris par l'élite africaine-américaine dans le domaine des études africaines.

a) Enseigner l'histoire africaine...

„Nul peuple ne peut grandir dans l'ignorance de son passé".

L'Institut Africamaat s'efforce de doter ses étudiants d'une vision interdisciplinaire de l'histoire panafricaine. Il aborde les sujets suivants:

• Les problématiques de la préhistoire (apparition de l'homme moderne),
• Les réalisations et les legs de la civilisation Egypto-Nubienne à l'humanité (sciences, techniques, philosophie...),
• Les problématiques historiographiques de la traite négrière,
• Les racines africaines des religions dites mono-théistes,
• Les sciences et les techniques de l'Afrique noire,
• L'apprentissage de la langue hiéroglyphique,
• La transmission du savoir en Egypte ancienne,
• La philosophie africaine,
• Le monde noir contemporain
• Le traitement médiatique de l'image des personnes d'ascendance africaine, etc.

b) Dynamiser la recherche panafricaine par la création de groupes de travail

L'Institut Africamaat motive ses étudiants par la création de groupes de travail spécialisés sur une thématique précise, en liaison

112

avec l'un des modules d'enseignement. Chaque étudiant est donc invité à choisir son groupe de travail au moment de son inscription[126].

C'est dans ce cadre qu'il faut situer les publications de la maison d'édition Menaibuc dirigé par l'infatigable Mezopo Salomon (www.menaibuc.com) qui donne au public mélanoderme l'occasion de célébrer le livre africain.

Une autre innovation institutionnelle qui a précédé celle d'Africamaat:

2. Kwanzaa et l'Unité Noire par la culture[127]

Kwanzaa est célébré par plus de 18 millions de personnes à travers le monde ! Du swahili „matunda ya kwanza" qui se traduit par „ les premiers fruits de la récolte „, kwanzaa est une fête que la communauté Africaine-Américaine célèbre tous les ans depuis 1966 (date de son institution par le Dr. Africain-américain Maulana Karenga) et ce du 26 décembre au 1er janvier, soit un total de 7 jours. Lesdits 7 jours renvoient 7 principes sociaux et spirituels (un principe pour chacun des 7 jours) qui doivent régir la vie de la communauté noire d'Amérique:

1. -*Umoja* : l'Unité (famille, communauté, nation, race)
2. -*Kuji cha gulia* : l'Autodétermination (se définir soi-même, créer pour soi-même, agir pour soi-même)
3. -*Ujima* : la Responsabilité et le Travail Collectifs (réaliser l'unité de la communauté, s'entraider)
4. -*Ujamaa* : l'Organisation Economique (Posséder ses propres boutiques, magasins et commerces et en bénéficier ensemble)
5. -*Nia* : l'Objectif (faire du rayonnement de la communauté le devoir de tous)
6. -*Ku'umba* : la Créativité (donner autant que possible le meilleur de soi-même pour faire avancer la communauté)

---

[126] Voir www.africamaat.com

[127] Nous reprenons l'essentiel de l'article d'Ali Beng publié par Afrikara (www.afrikara.com).

7. *-Imani* : la Foi (croire en la justesse du combat et à la victoire).

Kwanzaa dont la vocation est d'établir une Communauté souveraine des Noirs d'Amérique sur la base de leur identité et origine africaines, s'organise autour de symboles qui tiennent lieu de codes sociaux vécus, partagés, échangés par les membres de la communauté. „*Mazao* (les fruits), *Mekeka* (la natte de paille sur laquelle l'ensemble des autres symboles sont placés), *Kinara* (le chandelier), *Mishuma Saba* (les 7 bougies qui renvoient aux 7 principes), *Muhindi* (l'épi de maïs), *Kikombé cha Umoja* (la coupe de l'unité) et *Zawadi* (les offrandes ou cadeaux) sont un premier groupe de symboles de Kwanzaa, tandis que *Nguzo Saba* (les 7 principes), *Bendéra ya Taifa* (le drapeau rouge, noir et vert symbole du Nationalisme Noir), *Tambiko* (la libation en l'honneur des ancêtres initiateurs du combat pour la liberté de tous les Noirs), *Harambe* (l'appel à l'unité, à l'union des forces), *Habari Gani* (salutations), *Kwaheri* (l'au revoir et les vœux de retrouvailles) en sont un autre".

Kwanzaa est né dans le contexte historique des années 60 qui ont vu le nègre d'Afrique se soulever contre la colonisation sur le continent et la ségrégation raciale sur la terre d'Amérique.

Au-delà de sa dimension culturelle, Kwanzaa vise d'abord à „la construction d'une Unité de tous les Africains, à l'établissement d'une Pan-Afrique à travers une langue africaine (le swahili, langue du Kwanzaa, est de loin la langue la plus parlée d'Afrique); à travers des gestes, des symboles, un mode de vie, un vêtement authentiquement africains; à travers une vraie idéologie de fierté raciale basée sur la connaissance effective de l'histoire africaine; à travers une politique de développement autocentré dont l'aboutissement doit être l'autonomie économique, politique. En cela l'adoption du drapeau rouge, noir et vert est forte de sens, puisque ces trois couleurs-emblème du Nationalisme Noir se décryptent comme suit : le rouge pour le sang versé par les héros africains dans la lutte pour la liberté de tout le peuple; le noir représentant le peuple noir lui-même, et le vert pour la terre qu'il doit posséder, sa terre, sa souveraineté".

Il faut savoir que „ce drapeau adopté en 1920 par Marcus Garvey comme bannière de l'UNIA (Universal Negro Improvement Association) remonte en fait aux empires Zinj (Zanzibar) de l'Afrique antique, très longtemps même avant la naissance de la Grèce, et serait de source d'historiens le plus ancien drapeau national connu ! En 1920 à New York lors de la Convention Of the Negro People of the World il fut unanimement adopté comme symbole de tous les Africains d'Amérique. On notera au passage la pièce musicale-hommage Red, Black & Green de cet ardent défenseur de la cause des Noirs qu'est le grand saxophoniste de jazz Pharoah Sanders".

Les trois objectifs principaux visés par la Communauté de Kwanzaa sont les suivants: la libération des Africains du continent noir, la fondation en Afrique d'un grand Etat par tous les descendants d'esclaves et la création sur le sol américain d'un Etat africain indépendant.

Telles sont fondamentalement les aspirations que présente le programme de la Communauté Africaine- Américaine organisée autour de la fête de Kwanzaa qui, avait son équivalent dans la quasi-totalité des cultures africaines où les premières récoltes de l'année étaient célébrées, et cc depuis au moins l'Egypte ancienne qui fêtait à la même date du 26 décembre la naissance de Ouasiré - hellénisé en „ Osiris „ (Ouasir le premier grain de blé, la première récolte de l'année qui nourrissait le peuple. Le blé étant l'un des symboles majeurs de Ouasir).

Dans le cadre de la réinvention de l'Afrique, les peuples africains gagneraient certainement à établir des contacts permanents et structurels avec les organisations panafricaines qui existent déjà dans le monde :

„il s'agirait de partenariats durables basés sur la communauté d'identité, de culture et d'intérêts qui lie les Africains de l'intérieur et ceux de l'extérieur; il s'agirait de jumelages, d'accords de coopération avec échanges de compétences, de connaissances et devoir d'assistance mutuelle : l'Homme Noir, quelle que soit sa localisation géographique actuelle sur la planète est Africain ! Quand par malheur les concernés seraient tentés de l'oublier en adhérant facilement à des discours démagogiques présentant l'humanité comme une seule famille globale et indiffé-renciée (le racisme c'est dépassé, c'est du passé, les enjeux de l'humanité sont autres), les faits, infaillibles baromètres sont là pour le leur rappeler avec force humiliations et violence. Les problèmes d'exclusion, d'aliénation et de prédation, d'instabilité sociale et économique; les génocides, l'extermination que subit Kam partout où il se trouve viennent de son fait africain. C'est son être africain qui pose problème aux autres. C'est sa couleur, c'est lui-même qui est honni. C'est son humanité même qui est rejetée, parce qu'il est ce qu'il est, Noir, Africain".

Kam est une évidence physique, anthropologique. Il ne peut se cacher. Il est un négro-africain, on le voit, on le sait, quel que soit le temps qu'il a passé en dehors de sa terre natale. C'est un Africain. Et ce n'est qu'en tant que tel qu'il commencera à trouver des solutions à son existence. Il doit avoir le courage de l'accepter et l' intelligence de rechercher la solidarité de tous ses frères.

§ IV. CONSCIENCE DES ENJEUX DE LA RESISTANCE AFRICAINE

L'Afrique connaît des traditions de lutte et de résistance. L'histoire est éloquente à ce sujet. C'est dans cette ligne qu'il importe de rendre hommage aux fils et filles d'Afrique qui, à travers des chansons, des poèmes et des contes, traduisent les frustrations, la révolte des générations qui remettent en cause les fléaux sociaux, chantent l'amertume de la domination, l'héroïsme de la résistance. Il y a là une façon particulière d'exprimer la colère populaire qui révèle en même temps une forte capacité de mobilisation, afin de faire passer la vie de ce qu'elle est vers ce qu'elle devrait être. Ces grammaires de la colère obligent la recherche africaine à réexaminer ses champs d'investigation et d'analyse à la lumière de la manière dont les populations locales exploitent leurs traditions, convient les acteurs sociaux en Afrique à renverser les anti-valeurs de la société dominante. Elles permettent de revenir à la base afin de se nourrir des richesses de la véritable histoire africaine et d'y puiser les forces nécessaires à la reprise de l'initiative historique. C'est à l'honneur d'Aminata Traoré (ancien ministre de la culture au Mali) d'avoir contribué à l'organisation du forum social dans son pays natal afin de permettre aux Maliens de croire qu'un autre monde est possible. A la vérité, un autre monde est nécessaire si l'on veut tenir la mort à distance. L'Afrique doit y participer. Une autre Afrique que celle de l'Occident! Contrairement à ce qu'on pense, „il existe en marge de la déréliction de l'Afrique officielle, à côté de la décrépitude de l'Afrique occidentalisée, une autre Afrique bien vivante, sinon bien portante. Cette Afrique des exclus de l'économie mondiale et de la société planétaire, des exclus du sens dominant, n'en persiste pas moins à vivre et à vouloir vivre, même à contresens."[128]. Il ne s'agit pas là de nier les problèmes en présence, mais de contester le simplisme et la fonction attribuée à une réalité complexe dans la définition du statut historique et international de l'Afrique.

[128] LATOUCHE, S., *L'Autre Afrique. Entre don et marché*, Paris, Albin Michel, 1998, p. 19.

CHAPITRE III:

KAME N'KASANKIDI NKANU YA BENDE[129]

Ku bangilu, ndi muswe kwamba mwakatwadija lwendu lwanyi mu bukwa bisamba. Ndi mulongeshi wa kalasa mufundi wa mikanda. Ndi mulongesha ku Malandi ne ku Bakwanga ba mwena Yombo. Nansha musabuke mbuwu, ntu mushale mwindile bwa kuya kwetu. Kwetu kundela nansha bakwamba nzala. Nansha ngenda, ntakaya kumona baba mwena Mwika ne tatu wa ba Mpoyi nshandi wa Katende. Necindile ki mbwalu, cikole numvwa ditunga mupuya.

§ I. Bulelela Kemet nKame ne pa dyanyi

Kacya ngenda civwa mumanye ne binkalabwa bitu bitwa ndondo ne dishima. Civwa mumanye ne bobo ke bena mupongo. Bakapongola ba Kame balume ne bakashi. Ndi mfila cileshelu, bu mwa kambabu kwetu ne cidikishilu ngwa ba bwalu, bwalu kabuyi ne cidikishilu kabutu bwashema. Munkaci mwa bikondo bivule, binkalabwe mbitulongesha ne Kemet (*kmt*) mbuloba bufike. Cilumbu cidi mwaba eu ncya kubenga kwitaba ne *kemet* mmusoko wa bantu bafike batu baluke ne bafimba ngenyi yonso ya bumuntu bwine bukadi bamwe bende batunka nabo. Bobo mbalubalela mishindu yonso. Mba kela katwe. Udi ne mpata aya kudimwena ngashilu wa pyramida (=nKita-minene-ya-miSonga mile) ne bikwabo mu musoko wa Soudan, wa Kemet, mu Nigeria ne ku nseka ya Tchad-Mali-Libye.

Kacya batwela mvita kudi batoke, mbashintulula maalu onso aa mu mfundilu wabo bwa kulesha ne mufike katu mwasa cintu pa buloba.

---

[129] Eci ncitupa cia ku mpala cia dilongesha edi: *Kame n'kasankidi nkanu ya bende, anu yende mifulebu.*

Kadi dimwe dituku, bamwe ba cyela ngenyi ba bafike bakadyela kayanda. Kayanda aka kavwa kanene, kavulwisha mudibu ba mukwa katula, wa bakatula tusuyi ne myele, kulwa kutula ne nkasu. Ke bobo kwina dishima dya batoke mu mayi ne kukeba bulelela too ne mu bondoka bwabo.

„Mwaba mwicikishila munu utu walwa kuya nzubu.
Mukashi mwelela meshi batu balwa kumusela.
Nzolo wa citala pacyacya mpa kusama".

Ke mwakalwa balume ba mpolondo kushuka ne kwakula ne bukitu bamba ne diba dya kukumbana dya kutwisha bena dishima binu. Ba mwena mwabo C.A. Diop mu mukanda wende *Nations Nègres et Culture. De l'Antiquité nègre-égyptienne aux problèmes culturels de l'Afrique Noire d'aujourd'hui* (= *Matungu-a-Bafike ne Dishidimuka. Bwa KaBukulu bwa Bafike-ba-BuKam ne bwa Malu a ngikadilu wa Afrika wa lelu*), Paris, Présence Africaine, mu patuke mu cidimu cia 1954 [130], T. Obenga (1970), Bilolo Mubabinge

---

[130] Cheikh ANTA DIOP mmulela mu matuku 29 a ngondo wa dikumi ne mwibidi, cidimu cya 1923, mu musoko wa Caytou, munda mwa Senegal. Udi mulonga tulasa twa bungi pa malu adi atangila lwendu lwa bena Afrika, myakulu yetu ne mushinda mukanda mu bitupa bya bungi. Shushukulu ANTA DIOP wakakuma kapundu ka nswa panshi pakwambaye ne bena ditunga dya Kame, Keme (Egypte) ba kale bavwa ba dikoba difika, bavwa Bafike ne bobo ke batu batwadila buloba bushima mamanya abungi atudi tutungunuka ne tuditambisha nawo lelo. Bibangishila ku cikondo acyo, Binkalabwe byakalwisha cyela ngenyi wetu eu mvita minene, kumutacisha mishindu yonso. Yeye byende kavwa mutekesha mu maboko. Wakalesha Bukwa Bantu ne ende mamanya a pa bwawo ne bivwaye wamba mbyamba kale kudi binkalabwe ne banangi ba bulelela. Kadi kabatu bamufwila luse to. Mukulwetu eu wakafwa mu cidimu cya 1986 (matuku mwandamutekete a ngondo mwibidi). Batu baswe kutwa ndondo ne bulelela batu batungunuka ne cilumbu cya C.A. Diop ne bamwele diboko muulu. Bakunyi bende ba bungi ba bafike batu balonda shila wende eu too ne ku lelu. Tumanyayi bonso ne Mun-Kame yeye mwasa bwalu bwa bufike bwa bena kale ne mulesha ne bafike ke balubalela, udi wa cibau ku mesu a Binkalabwa, a Bitokatoka bia nseka yonso. Tudi mu lubilu bonso. Shushukulu Tshibangu Tshishiku washile bilondeshele „Ordonnance Présidentielle n° 89-287 du 19 novembre 1989" : „Cibambalu cya Malu a BaKame" („Centre d'Études Égyptologiques C.A. Diop") munda mwa „Cikebelu cya Mwikale Kutuyaya" (Institut Africain d'Études Prospectives - INADEP), cidibo balombola kudi Shushukulu Bilolo (kacya ku

119

(1980), Lam, Sall, Pfouma, Karenga, Anselin (1996), Oum Ndigi (2000), C. Gomez, Biyogo, ne bakwabo – kubala umwe nkudibala – bakela kabobo too ne ku lelu batumanyishe ne: Km = Fika, Km.t = ciFike, rm*t* *km-niw.t "Muntu-muFike wa mu ciMenga-cia-BuKam; rmt.t km.t* anyi *remete.t km.t* ke kame (*km*) menemene, ke Cisamba cia Luntu Kame = Kame-Luntu = Lume-a-Kame = ba kame balume = bantu kame = bantu bafike).

"Bwamba mbwamba kale".
Ba Hérodote, Diodore de Sicile ne ba shushukulu mulongo mutwe too ne kwaka mbabwamba kale pamwe ne binkalabwe byakadim-wenena ne mesu a ba kamona kamba kaya kwambila badi bashale. Nansha banyinka batuvulwisha kabidi ne"Cidibudibu ntumputum-pu, myanda nya kalekale ki nya lelu", tumanya ne bena dishima kabatu bapungila. Kacya J.-F. Champollion washadika byende bu-lelela bwa bunkame bwetu, bana babo kabena baswe kumvwa diyi edi to. Bamwe bakaswa kulonda nshila mulelela munkaci mwa masambakanyi a ku Caire (1974) bakashintulula ciluba cyabo. Ke cidi cilesha ne tudi mu mvita ya lwayi tukamone. Binkalabwe mbi-swa kulesha ne muntu mufike katu mwesa cintu, katu mufuka ngenyi anyi mupatula bwalu bwa nsongo. Bidi mu musoko wa ba-kame mbya batoke. Cikam ke mwakulu wa bafike to.

Edi dishima ndya pa bwadyo. Ke didi ditampakana mu buloba bu-shima ne malongesha mavule amu bwa kupetula ba kame balume ne bakashi, kubapongola ne kukeba mwa kubabutula. Se mvita minene bu ya mulume wa lombe mwasa dilandi bwalu. Ndi muswe kufila bileshelu bibidi bya bena kabutu ba batoke badi babwesha dishima mu bukwa bisamba.

1990). Kadyosha ka bipeta bia makeba pa Malu a BaKam ba Kale mu Cybamba-lu cya INADEP kadi munda mwa Mukanda ewu ne mwa milongo yetu eyi.

§ II. Ba-kasankidi nkanu ya bende ne Ba-nkusu wa Citenge

Dya mbedi, bakufikisha bafika ku ditaba ne kabatu bafuka kantu. Wabo mudimu ngwa kutentula bya bakwabo ne kubyambulula bu ba nkusu wa Citenge. Lelu eu, bana betu badi bowa mayi ne nsabanga idi yosha mubidi bwa kutokesha dikoba. Bakwabo badi baditwa mena a ba Bush, ba Bill Gates, ba Sylvano, ba Christian Dior, ba Heidegger, bwa bamweneka bu bantu ba nsongo. Babungi bacidi balonga amu malongesha adi apepesha yabo misoko ne azangika benyi. Ba bende twabombela twa cisha. Twakalwa ba mayi cyowesha babende, kadi bitoci mu etu matunga a biyole ne mvita bidi bishale nenku bwa bwalu kayi?

Tudi tupwa moyo didisenga ne diditandula dia banyinka: „Kasankidi nkanu ya bende, anu yende mifulebu".

Muntu utesha amu bya kwa ba bende kena mwa kunanga ne kwakwila dyende ditunga. Udi udileka munkaci mwa munya, wosha dingonga mu munya too ne mwalwa bana kwosha cishangalala. Eku bankambwa bashila ndelanganyi yabo diyi edi: *Watamba mulamba kutambi ditunga, bwalu ditunga ndidi dikuteka*. Kadi Afrika mushima udi mu byanza bya benyi ne bamfumu badi baleka matunga. Katwena tumona ba wa ku bena *tufwa lelu bashale ne balela bakwabo*. Katwena tumona ba *kacinyi mukuna bule, kulu kwa mukuna ke kudi nshila*. Bonso badi bimbila batoke ngoma badi babumbula yabo misoko. Masungula mmalwe manaya a mu nshila. Kabatu kabidi basungula mulume wa diboko dikole.

Kadi bakalwa ne dipanda bakamusangana byonso. Tudya bidya twosha cyombe. Kwaka bana bayumbakana ne mamvwa kwiku. Afrika wakadi dipongo dya bidime. Afrika wa baditemba bwipwa. Afrika wa ndama bana, wa kweshi bula batu baya ku Kongo, ku Zimbabwe, ku Mali, baya kwasa. Lelu tukadi ba mpanda byota. Maalu andamuka onso amu bwa bupika butucidi tudisungwila twetu.

„Vuluka ciuvwa, wewe mwena Afrika mukulu
Kusanki bwa ciudi, wewe nkusu wa Citenge
Ela meshi pa ciwikala, wewe mun-kame
Munda mwa ciseba mutu mwalwa panyima."

Banyinka kwelabo kabidi lusumwinu elu bwa kutumanyisha mudi kufwa ne kuya moyo:

„Luswa mu kajila nyonganyonga"
Dimwe dituku, luswa e kumata mu njila bwa kuya kusela
Lwende ludyakwila lwamba ne:
Kyaa , meme kukenga ne bujika mushindu ewu,
Bunkaya kabutu bulela muntu wa nsongo to.
Beena leelu nyewu bambula mbwaya,
mbanza yuwudi ne biivi ne benzedyanganyi ba bibi.
Ndi mufwana kwangulangana ne lufu,
ciyi mushiyaku dyanyi diminu panu;
nanku nganji kukeba wanyi mukaji, nsela.
Ke muvwaye wenda udyakwila nanku;
luswa e kumata mu kajila nyonganyonga,
kajila kenda kanyongola maalu.

Kuvwa luswa lwenda eku,
nzolo mwimana ku kaala kwa kajila,
E kumona luswa lwenda lutumpika,
mu kajila nyonganyonga.
Ke nzolo kudinana wamba ne:
kyaa, nzala yivwa myamba kumvwambula,
nyinyi nyewu wadimwenekedi. Ke kuleepeshayi mwinu,
mwindile ne luswa lusemena pabwipi.
Yeye ne ke mundi mubeketa, menji kumuvwila ne:
too, enza maalu bu bantu bashidimuka,
kabatu boobokela bya kudya mushindu awu to.
Nganji kwela luswa moyo,
mmulobesha ne myaku ya kululaabidila nayo,
ngumvwa budiye nabo munda,
civu kuupukila diswa diikala ne nyoka....

Ke nzolo kwela luswa moyo, ulwebeja ne:
,, mukalenga luswa,musumpakana nanku,
uyaaya ku madilu anyi, peshi ku cibilu ,,?
Ke luswa kwandamuna ne:

„ ee mwanetu, bujika se bwantondi,
bunkaya kabutu bwibaka muntu wa nsongo.
Beena leelu nyewu bambula mbwaya,
mbanza yuwudi ne biivi ne benzedyanganyi ba bibi.
Ndi mufwana kwangulangana ne lufu,
ciyi mushiyaku dyanyi diminu panu;
ke mundi mumata mu njila nanku,
nkakeba wanyi mukaji wa kusela. "

Ke nzolo munda munda ne: bwalu budi panshi se mbunene;
pamutu pa kudya luswa lumwe,
se mbimpa ngindila dîba dyapatukayi ya bungi,
dîba dya cibilu acyo,
nanku mmona bwa kuzokola nswa mivule.
Ke kwandamunaye luswa ne:
Too, mwanetu,
acyo se ndipangadika dimpa dikwata ne milowu.
Meme cyena mwa kushala to, tuyaya anu neebe,
nya kukufila ku buku. Ke nzolo kutwayi luswa munyima,
benda baya mu kajila nyonganyonga,
kajila kenda kanyongola maalu.

Katupa ne ndeepa, ke nyama wa mubwabwa ewu pwaa...
Utwa mesu umona nzolo,
mubwabwa e kumina munkuci wa mata,
udyambila munda munda ne:
Kyaa, matuku bungi nenku,
ciyi mubelaku mufuba wa nzolo;
leelu, ndundu utwatwa ku dîba.
Kadi, mudi ewu nzolo wenda ulonda luswa munyima,
benda benda madyunda, mwaba wawa udi anu bwalu;
nanku, bangabanga ne meema kufyekela nzolo ewu,
nganji kumvwa cidiku ne ncinyi,
civu kupita ne mulongo mubedi.
Ke kwanjiye kubeela moyo, ubeebeja ne:
kunuyaaya nanku nwenda nulondangana munyima,

bu badi ne bwalu, batungunujangana, nkwepi ?

Nzolo utupula mesu umona mubwabwa mwimana,
luzakalu kumwangata.
Ke kubabidilaye bwa kwandamuna, wamba ne: ,, too,
mukalenga kakwena bwalu bwa kupampakeena to,
cindi ndi nya kufila mwanetu luswa pabwipi apa.....“
Ke luswa mwena bwalu kupunguluja pende wamba ne:
,, ee mwanetu, bujika se bwantondi,
bunkaya kabutu bwibaka muntu wa nsongo.
Beena leelu nyewu bambula mbwaya,
mbanza yuwudi ne biivi ne benzedyanganyi ba bibi.
Ndi mufwana kwangulangana ne lufu,
ciyi mushiyaku dyanyi diminu panu;
ke mundi mumata mu njila nanku,
nkakeba wanyi mukaji wa kusela.“

Ke mubwabwa kwandamuna ne:
kaa kaa ka ka ka ka ka, abu se mbwalu bunene,
bwa ndolo ne nsongo.
Meme nshaala ku bwalu bwa nanku?
Too se nyaya amu neenu,
ngenda nsuna panyi ngenyi ya mushindu awu...,
kwina aku se nkundi mwa kutapa cyanyi cipesa cya bidya.
Ke mubwabwa kubwelaye penda mu mulongo,
mutangila ku buku bwa luswa, mutwa nzolo munyima,
wenda umina mata, mu kajila nyonganyonga,
kajila kenda kanyongola maalu.

Kwendibu eku mutanci, bamanya se badi nkayabo,
ke kumvwabo amu mukungulu umbukila mu mici ya tufumba.
Pinapu, nkashama kankenza mulombo,
nzala mimoobesha, uvwa wenda usomba nyama,
ukaawa mubamona, ukungula bu mvula,
mumana kumvwa dikaci dya mubwabwa.
Kadi bu mwamonuye nzolo kumpala, ulonda luswa,

kudyebejaye ne,
mudi nzolo wawa mulekele luswa kayi uzokola,
mubwabwa mutwa nzolo munyima kayi umutuula
makuyi se mbwalu bwa dikema ! Kadi nganji kubeela moyo,
ngumvwa mudi bwalu,
nanku nshisha kukumbaja dyanyi didya.
Ubeela moyo, abu biitaba, ke kutentekelapu lukonko ne:
„nwenda nulondangana nanku bu bantu baya ku mpeelu,
nuyaya ku bwalu anyi? ".
Mubwabwa ukavwa mumvwa luya lumutuuka,
ke kukankamanaye e kwandamuna dyakamwa ne:
„ too mukalenga nkashama,
meme ewu ndi panyi mutwa nzolo munyima,
mundomba bwa nkabafila pabwipi apa „.
Nzolo umvwa nanku, ke kwanji kusama pende koo ko dyoko,
wamba ne: „meme nyaya kufila luswa ku buku bwende".
Kadi bwapwa bwapwa mmukana mwa mwenabo,
ke luswa kupita mu cyalu wamba ne:
„ ee mwanetu, bujika se bwantondi,
bunkaya kabutu bwibaka muntu wa nsongo.
Beena leelu nyewu bambula mbwaya,
mbanza yuwudi ne biivi ne benzedyanganyi ba bibi.
Ndi mufwana kwangulangana ne lufu,
ciyi mushiyaku dyanyi diminu panu;
ke mundi mumata mu njila nanku,
nkakeba wanyi mukaji wa kusela."

Ke nkashama kwandamuna ne: alu ndungenyi lulenga,
lutudi twetu bonso ne cya kwikala naalu. Bambila ne:
dibaka nkasaka kambula mwena menji,
kambwila kapumba kiicikila mu mayi;
nanku tuyaayi neenu, nkasunaku panyi menji awu.
Ke kuditwabo bonso mu kajila nyonganyonga,
kajila kenda kanyongola maalu.

Bavwa benda babanda mikuna, bapweka bibanda.

Ke kumonabo anu mfutwita yibamacila pa mutu,
mwinshi mutwa mulu mutwa panshi,
cisuku civwa ku mwelelu wa kajila cikutuka ne mudilu.
Ludimi lwa kapya e kwela diyi lwamba ne :
leelu mbapeci yanyi mikila ya kuosha,
nangananga mukila wa Mfumu kankenza mulombo...
Bantu kudimanyika, kabamonyi cya kwenza.
Ke Nkashama, ne luzakalu luonso lwa kapya kavwa kabajinga,
kwelayi diyi wamba ne: Mukalenga kapya,
wamanya kuvu kubwelakana,
kutuyaaya eku nku bwalu bunene bwa ditunga.
Vuluka musombelabu bamba ne ,, ditunga disama,
mwana usama, akwila ditunga,
bwalu ditunga ke didi dikuteeka".
Kapya kwandamuna ne:
Kya mukalenga nkashama, ditunga didi disama bulelela?
Nkashama ne:
ditunga diikala kadiyi disama,
wamona meme mutwa mubwabwa munyima,
mubwabwa mutwa nzolo munyima,
nzolo mutwa luswa munyima?
Ke luswa uvwa ntunga mulongo kupita mu cyalu
bwa kumvwija wamba ne:
,, ee mwanetu, bujika se bwantondi,
bunkaya kabutu bwibaka muntu wa nsongo.
Beena leelu nyewu bambula mbwaya,
mbanza yuwudi ne biivi ne benzedyanganyi ba bibi.
Ndi mufwana kwangulangana ne lufu,
ciyi mushiyaku dyanyi diminu panu;
ke mundi mumata mu njila nanku,
nkakeba wanyi mukaji wa kusela. "

Kapya ne: too, abu mbwalu bulenga,
tuyayi nkanufila panyi,
nempetaku panyi cya kufuba ne kwela ndimi ku cibilu acyo.
Uvwa wamba nanku mutangila nkashama,

uzunzuka bwa kuvingutula makama ne mukila.
Ke kapya kuditwaye pende mu mulongo wa kadya-mashinda,
mu kajila nyonganyonga, kajila kenda kanyongola maalu.

Katupa ne ndeepa, ke mayi aa, pwaa, mu cijibaciba,
cyela bantu munkaci.
Mayi ne mundi mwiina bantu bonso aba,
mujima ne kapya kaaka...
Ke kapya kudyanza kubabidila e kwela diyi ne:
too mukalenga mayi, tudi tuyila maalu manene;
mona mundi nkafila mukalenga nkashama ku maalu awu.
Ke nkashama pende kupunguluja,
uleja muvwaye ukafila mubwabwa;
mubwabwa pende kufunkuna nzolomunu;
nzolo pende e kuteela luswa;
luswa e kupita mu cyalu wamba ne:
,, ee mwanetu, bujika se bwantondi,
bunkaya kabutu bwibaka muntu wa nsongo.
Beena leelu nyewu bambula mbwaya,
mbanza yuwudi ne biivi ne benzedyanganyi ba bibi.
Ndi mufwana kwangulangana ne lufu,
ciyi mushiyaku dyanyi diminu panu;
ke mundi mumuta mu njila nanku,
nkakeba wanyi mukaji wa kusela.“

Ke mayi kwamba ne:
mulongo wa kadya-mashinda unudi batwe udi umpampakaja nan-
ku bu mwambilabo ne baaya waya, tuyayi anu bonso, bwa kanuvu
kundondela to, ngikala mudimwena ne mesu. Meme mwina kwa-
pici bidimu bu dikumi,
kakuyi udi umbikilaku bwa kuowesha ba cibanji mâyi.
Kuditwabo bonso mu kajila nyonga nyonga,
kajila kenda kanyongola maalu.

Katupa ne ndepe,
ke kumonabo mutunda munene umweneka ku bule,

kajila kanyungulwila mutunda,
kakayi kaya kabidi mwaba mukwabo to.
Ku mutunda aku,
ke kuvwa luswa uya bwa kwangata mukajende.
Bavwa munda mwa mutunda bumvwa misalu,
ke kupatukabo; tunkundulwila kwangatangana,
ngoma ne byondo kwakula, misekelelu kubanga,
nswa yipaapalala bwa kwakidila muku wayi.

Ke nzolo ne cindi mwindila kabidi ncinyi,
kwambulula mwinu ne azokola nswa;
Mubwabwa ne, nkadi mutangila nzolo mufwana kunyema;
nkashama ne dîba se dyakanyi
dya meme kuleeja mubwabwa mudimu;
kapya ne , kyaa balumyana,
mukila wa nyama se mmufwana kuditapa ku masela;
mayi ne kadi dîba dya kubwikila bintu byonso ebi pamwe
se dyakumbanyi....

Padi bantu basumpakana apu,
ke divuba dinene dya cyululu kubabwikila bonso,
kakuciyi udi umona mukwabo mwaba awu.
Diyi dikole kumvwika, difuma munda mwa mutunda,
dyamba ne:
Eyowa,wewa nzolo, zokolamu luswa,
kadi pawamina luswa,
bakutuula peeba makuuyi kudi mubwabwa.
Piikala mubwabwa mudya nzolo,
baumina pawu kudi nkashama.
Piikala nkashama mwela mubwabwa pa lukoso,
bamuvingutula pende kudi kapya.
Piikala kapya kavingutula nkashama, mayi ajima kapya.
Nanku meme panyi Kapongo mwena bintu ne bantu,
mbutule mayi, afwima bu mwinshi, ajimina mu kapeepela.

Ke luzakalu kukwata bantu bavwa mu kajila nyonganyonga,

bantu kwimana, kakuciyi wa kukwata mukwabo...
Ke cyululu kubuululukacyo, butooke kupingana.
Maalu avwa kajila nyonganyonga kenda
kanyongola kushisha kumvwikawo:

Bwa wewa kutanta mu muoyo, kwikala wa dyakalenga,
Anu pawikala mupeeshanganyi wa muoyo,
mutwishi wa muoyo maboko,
musungidi wa muoyo wa bakwabo.
Ikala ne disanka bwa muoyo wa bakwabo, sekelela muoyo,
nanku muoyo neukusungidila, neukusekelela peeba.
(Lusumwinu lwa bisamba bya Luba, lulonda kudi Kabasela Lumbala)

§ III. Maalu a Mvidi Mukulu mmamba kale kudi mwena Kame

Ndi mfila cileshelu cinene cya ditentula dya maalu a Mvidi Mukulu ne dipepesha ntendelelu ya kwetu.

Tudi bafwe mu dikukwila mvidye ya binkalabwe bwa kulwa moyo ne kupanduka ku lufu. Batudi tutwila binu se mbavwe mwa kwikala bu balunda bonso. Nganyi utu ukukwila mulunda wende nansha yeye mumutapila mbushi? Nganyi utu utendelela nshandi mumuledi nansha mumulesha bitena kumona? Bwa cinyi moyo wa bantu udi ne cya kwikala mu byanza bya cifukibwa bu meme kunu?

Katupu moyo ne tudi bonso bana ba Mvidi Mukulu. Moyo wetu udi amu mu byanza bya Mayi Mfukya mukele, Mulopo Mwena Bantu, mwena bakaji mwena bana, mwena bidi panu apa byonso. Yeye ke Diba katangila cishiki, wakutangila dyamwanda nsese.

Mawesha udi Tatu udi Mawu. Muntu yonso, mubi ne mwimpe, mmwana wa Mawesha. Mawesha Nangila, ke udi utukuba bonso, bwalu udi *Mukalenge kakwidi cyota, utu wakwila bukwa bantu bonso.* Muntu wa macyo ne mesu kena mwa kwambula bushitu bwa mwinende kumutamba to. Kafukele mwena bantu mmutambe too ne bayaya ku ngondo.

Bidi bikengela mudimu wa bungi bwa kumvwisha maalu aa kudi bena bitendelelu bidi bitapa bu meshi munda mwa Afrika. Bena bitendelelu badi badyamba ne mbasungula ne basungila kudi muntu kampanda. Ke patudi tubasaka kukadi bidimu bipite pa bitanu bwa basulakasha ciluba cyabo bimpe ne balepesha lungenyi. Lupandu lwabo se Mvidi Mukulu. Pashishe, Mufuki wa bantu katu ne kansungansunga to. Muntu yonso wendenda ncifukibwa cyende cya pa moyo. Munyi mwalwa Kafukele mwena bantu kusungula mposa kushiya makubwa ? **Munyi mwalwaye kupwa moyo ne *utu usenga Kanku usenga Cibwabwa,* bwalu kakwena ukena mwanende ?**

Kwamba bwalu cyakabidi nkumvwa bimpe. Ke patudi twamba ne twambulula bwa kusopwesha bafike dikoba ba mu Afrika ne mu buloba bushima. Kacya batoke batulomba bwa kusulakasha meyi mafunde mu mikanda ya cishila ne ngenzelu ya bantu, kabena balekela kupetula Muntu Mufike ne kumudyafula makalenge onso a mu buloba to. Ku mesu kwabo, Mun-kame ucidi mwana wa kwamwisha dibele too ne ku lelu. Pa Buloba batukine, batushipa, batupana, bapawula biuma bia mu maloba etu, mudibo mwa kulwa kutushima ne mbalwa bwa kupandisha „anima" anyi „mioyo" yetu mmunyi?

Munda mwa bimwe bitendelelu bya kale, mwenenu wa „Bible" ne bulongolodi bonso, mbintu bidi bilombola kudi binkalabwe bilondeshile mwenenu wa kwabo. Kabatu bazangika mufike ne bamomekela bushitu bwa lwendu lwa cisa cya bena Mawesha ba buloba bushima to.

Mvidi Mukulu wakalwa wa bena mekala mashilangana ne a bafike.

Ndi umwe wa ku bena Afrika badi bashadika myanda eyi kunyima ne ku ntaku yayo. Ndi mwela meshi pa mwanda eu mu mifundu yanyi ne mulomba bafike bwa balekela kukukwila nsombi ya bupika ne kusekelela badi bayilwacika bilamba bya mushinga. Padi muntu mufike upeta dikuta difuma kudi binkalabwe anyi upeta mwanzu kampanda, udi upepesha bitudi twamba ebi ne uleka musoko wa bankambwa. Ke mutukadi tunyokangana dinda ne dilolo.

130

Banyinka bakamba ne : *kunyoki muntu, muntu ngwa bende wa Mawesha*. Edi diyi ndinene mu misoko ya bantu bafike. Kadi binkalabwa bidi bitupotela ne bilongesha ne: Mufika ke ngwa bende wa Yahwe to, udi ulwa mwana wa Yahwe amu padiye ukukwila Mvidi-wa-Batoke bilondeshele mifundu, meyi ne mikandu ya Binkalabwa. Eci cidi dipota ne didipotesha. Basombe ne Kavidividi kabo ne basombe ne Dyulu diabo. Patwafwa ne tuye ku Kala-ka-Komba, ku Musoko-wa-Mabote-ne-Makonde, kutwaya kutwila Mawesha cianga pamwe ne Banyinka, pamwe ne Bana-ba-Nkole-wa-Cilonda.

Mvidi Mukulu wetu mmufuki wa bidipo ne bicivwavwa:

> *„Mwitu kamwibi twela kamwibi mbaya, kadi ncinyi cyakasonga mingonga?*
> *Se Zambi wakafuka nyisu ne nyoko. "*

Diyi edi didi divulwisha mudi Mvidi Mukulu mwikala Musangana mwenabyo ne Musangana mwenapo :

> *„Bambambamba mbambale*
> *Bintu byonso mbya Mvidye*
> *Mvidye wa kuulu wafuka*
> *Wafukila mwinshi'a kabwe*
> *Kabwe konso kafuba.*
> *Bambambamba mbambale. "*

Bu kabuyi bwa Mvidi Mukulu, bintu kabyakadi mwa kwikalapo ne bantu kabakadi mwa kwikalapo. Nansha ba mvidye nansha ba dyabolo kabakadi mwa kwikalapu. Bonso abo mbifukibwa byende. Tudi bashilangana ne batoke pa citupa eci. Kabena ne cintu cidibo mwa kwambikila pa ngumvwilu wetu wa anyi mu nsombelu wetu ne Mawesha ne BanKambwa to.

Ku lunga luseka, bidi bikengela kumanya ne Mvidi Mukulu udi mufuki wa bintu bidi kabiyi byanji kumweneka ne mesu. Bwalu ebu mbunene. Mufuki kena amu upatula mwaku wende bwa bintu bikalapu to. Kena amu Mufuki wa bitudi tumona to. Udi kabidi Mufuki wa bitena kumona ne wa bicilwalwa. Binkalabwe kimbifika ku dilepesha lungenyi mushindu eu to.

§ IV. Mvidi Mukulu udi Mufuki ne „Sha" udi mbangilu

Bilolo Mubabinge udi umwe wa ku badi bashinda mukanda wa ci-kam ne lwendu lwa bena kemet. Miyuki ne makebulula etu nende byakunfikisha ku dishadika maalu aa:

a) patudi tubala mifundu ya bena musoko wa Memphis ne bena dya Akenaton, tudi mwa kwamba ne : „Ntu" udi Mufu-ki wa cidiko cyonso ne cidi kaciyi cyanshi kwikalaku. Mmu-fuke ku bukole bwa Lungenyi ne bwa Mwaku, bwa Diina. Cyambilu cya ne Mawesha wakamba ne : „Bi-Ntu bikalaku ne Bintu kubanga dikalaku", ncyangacila ku malongesha a mu Memphis a ku babidimu 3000 kumpala kwa diledibwa dya Yezu.

b) „Sha Ntu" ke udi ufikisha ku dyela meshi a Mufuki anyi Katena. „Ntu" udi Mufuki anyi dyalu dya Shandi. Ebi ke bi-dibo batulongesha mu cimenga cya Thèbes kukadi bidimu 2000 kumpala kwa bena Yezu kabayi bashi kumweneka mu bula.

c) Mu cikam, „Sha" ngudi mbangilu mushima menemene wa malu ne bintu byonso.

d) Ku lunga luseka, nansha Mufuki mwikaleku, kadi cidi kumpala kwa difuka se nlungenyi lwende lwa Mufuki. Mwa-ku wende anyi lupepe lwende bidi kumpala kwa difuka dya yeye Mufuki udi udifuka bwa kwenza mudimu wende wa di-fuka.

e) Mufuki eu udi kabidi Katena diina. Kakwena mvidye mu-kwabo mulwe kumpala kwende to. Udi Mudyanshile ne Mul-we kale. Katena diina katu ne wandi nshandi ne wandi nyi-nandi. Kakutu kamvidye kadi kamanya cidiye mwikale menemene. Kakutu muntu udi mushadike cituyi mwikale menemene. Bunene ne buneme bwende bipangisha mwa ku-bilonda. Ke padi bantu batubakane balwe kwamba ne mmu-fuke, kadi kudi kamwe kamushale: „Mvidi Mukulu wa Cim-panga, wafuka manyongololo wafuka ntande, kadi kantu kamwe kumushala". Byonso mbwa kulesha ne kakwena udi mwa kumanya cidiye menemene to.

Bana betu kabanushimi to. Bena Ciota cia Mawesha, Mvidi Mukulu a Ciama, lekelayi kudipoteshesha ne kudishangulusha to.
Mmawesha mmu nubeneshe ne mmu nukenkeshe mu nshila wa
Majinga ende kumpala kwa bukwa bisamba bionso ne bipicile
nkenkeshelu wende wa tuntu anyio tubisamba twa dipota.
Kakwena cisamba cidi cipita cya baKame (= Bantu-Bafike) mu
maalu onso aa a Mawesha, a Mambu ma/ya Mungu, Makambo ma
Nzambe, Maalu a Mufuki. Ngenyi ne nsombelu wa Mawesha ne
bakame mmitampakane mu bafike munkaci mwa bidimu bitwe ku
binunu bitanu mbangabanga ne ntendelelu mikwabo kumanyikayo.
Kwambilangana mutudi ki bulanda kufwa. Bukwa bisamba (Bena
Yuda, Bakeleke, Bena Itali anyi Bena-Loma) mbiya kusuna ngenyi
idi itangile maalu a Mvidi Mukulu mu misoko ya bafike ba Mpata-
ya-Nil; bena Lunda, Kongo, Zulu, Luba, Dogon, Bambara, Kuba...
Kadi mmunyi mutudi twetu balwe kwimansha bya banyinka, tukadi tukukwila bya kwa ba bende? Tukadi basankididi ba nkanu ya
bende, yabo milekela ne abo matanda malekela. Tulekela bimuma
bidi ku menu, tuya tukeba bididimbi biabio bidi mu mayi!
Bwa kupingana mu nshila wa moyo ne wa bubanji, bidi bikengela
kwelangana nyima ne bakatuswika monshi wa bupika mu nshingu,
babanyi ba bingoma bya lufu ne bashipyanganyi. „Bible" mu
byanza, baya banyinga maloba, mbonga, tubanda, mafuta a tupya,
byakudya, bakashi ne bana bya-/ba mukwa Mufike. Babanya „su-
kadi", bapawula mbonga ne tubanda tonso. Tubenzala midimu,
kabayi batufuta anyi batufuta ne mfimbu. Bantu aba mbabi, mba-
tukine.
Pankaci pa 1500 ne 1900, binkalabwa mbishipe ne bashipeshe bafike bapite pa 400.000.000. Tuvwa ku ba 700.000.000 mu ba bidimu 1500[131]. Kadi twetu kulwa kupweka too ne ku 100.000.000
mu 1900. Pankaci pa 1885 ne 1908, Léopold II wa Ba Beleshi
mmushipeshe Bena-Congo bapite pa 15.000.000. Ba mufunda ku
tubadi kudi bukwa matunga, nanga nanga kudi baFike bayilabo
nabo ku Amerika, bu ba Booker Washington. Bintu ebi kabatu ba-

---

[131] Mukashi wa C.A. DIOP mmufunda maalu onso aa.

bilongesha bana to, bwa bashale bela meshi ne Binkalabwa mbintu bimpe. Balongeshi ba Bible, ba Yesu, kabatu balongesha malu aa to. Kabatu nansha ba adjuula to. Bwabu bobo kushipa Mufike, ke mbwalu bubi to.

Bafike, tulekele bitataba. Tukeba Dyulu, tulekela Banyangi banyanga mpata ya Kongo-Lwalaba, ya Nsadi, ya Luluwa, ya Lubilashi, ya Sankulu, ya Lomami, ya Ituri, ya Wele, ya Nil, ya Tanganyika, ya Loanda ne Moanda. Tukeba dyulu, tulekela Binkalabwa ne benyi bakwabo ba moyo mubi batunyinga maloba, bya mu maloba, banyinga metu, mici ne mpata, batunyinga too ne bakashi ne bana!

Nzambi munupa Buloba bwa mwenya, nubulekelela, kanuyi nubusungila, kanuyi nubufwila. Nulekela bana bafwa masama ne nsala, nuya nukeba dyulu.

Mbonga bapawula kudi benyi, kudi binkalabwa, ndeke ibuka ne byuma byenu, nwenu batangile, nusambila. Nusambila „nganyi"? Nusambila „cinyi"? Nulomba „cinyi"? Nwela mbila butuku ne munya, mbila ya cyanana, ya bupika, nwamba ne nudi nusambila.

Pinapo ditunga diya difwa, bana ne bakole baya bafwa. Bifukibwa bya Mwena-Kulu, Bana-ba-Mulopo, nulekela baya bakenga. Binupela Mawesha, bibaba kudi bukwa bisamba bya mekala makwabo, ka nubyangaci ne mushinga, cinga cinudi nulomba ncinyi? Dyulu ne Buloba mmapasa a Mawesha. Mukina Buloba mmukine Dyulu.

Bwa kushuntulula mpala wa buloba bwa Afrika, amu twetu basumbula nkanu ya bende bwa tushale tusankila ne yetu mifulebu; bwa tushala tufula yetu. Bimpe tumanye ne Binkalabwa mbiswe lufu lwetu.

Ke lubila lundi ngela Mun-Kame yonso udi utendelela mu buloba bushima. Ntendelelu ya banyinka icidi ne bushitu ne mushinga wa pa bwawo. Ntendelelu ayo ke ntendelelu ya Bulelela. Binkalabwe bidi bilonga tulasa twa mu musoko wa Thèbes anyi mu Afrika wa ku manda mbimanya bwalu ebu. Dimanya dya maalu a Mvidi Mukulu mu Afrika kadyena kufwanyikisha ne dya bena makoyi ne bingoma badi babumbula misoko.

Diba dyakukumbana bwa kumanya bulelela bwa Mufuki, bwalu bulelela ebu kabwena kwona, nansha muya nabo ku bashanyi.

§ V. Nkomenu

Bana betu, Bukwa Mufike, tudi mulufu. Tutabulukayi. Tudi banyungulula kudi balwishi, bibi ne badyadya.

Tudi ne bwa kushuka pashi bwa kwakwila wetu Mufuki, bwa kulongesha Meeyi makulu a Mawesha a Cyama.

Cisa cidi caciyi cisungila wacyo ngumfwilu wa Mufuki wa byonso ne Mucifuki, ncisa cya bapika. Kacyena mwa kwakwila anyi kusungila bacyo bantu, bacyo bakashi ne bana to. Ke lufu lwetu. Tudi badiila Mvidi-Mukulu wa bankambwa mashanyi.

Tudi badila betu bonso mashanyi. Nutuku kabidi ne tituku dia kuvuluka Nkole anyi? Nutu ne dituku dia kuvuluka bombo ne binunu bia kashipabo kudi Léopold II anyi? Nutu ne dituku dia kudila aba bakashipabo ne bakibabo kudi bakalwa bwa kutukwata ku bupika anyi? Nutu nuvuluka Steve Biko, Kimbangu, Sankara, Malcom X, Chaka Zulu, Bilobo bia mu Haiti, mu Namibia (Herero) ne bia mu Guadeloupe anyi? Nutu nuvuluka Cheik Anta Diop, Blyden, Dubois, Césaire anyi Fanon anyi? Nutu ne dituku dia kuvuluka Akhenaton anyi Ciovo cia ku Nsanga-a-Lubangu anyi? Nutu ne dituku dia madilu bwa kudila bafike bonso batu binkalabwa bishipe, bidie ne bioshe anyi?

Bakulu bakamba ne: *„Bidi mwetu tente, wikala ne cyebe pebe"*. Katwena mwa kulekela „cyetu", bwa kuya kulonda miputu ya ntendelelu wa bakwabo to.

Kabuluku katu katumbisha yaku nsengu. Ba Kame mba ku bimpe bonso biwamone mubi umanye se: M-mwenyi mulwe kwasa mu bula.

Ke meyi a kwenda nawo mushinga dinda ne dilolo munkaci mwa yetu nsombelu ne byetu bitendeledi. Bela nshiba mwa macyo, mesu ne elayi mwanyi mmona.

CONCLUSION:

LA CHANCE D'ÊTRE NÈGRE

Pendant près de 5 siècles, les Occidentaux, toutes les nations confondues, se sont acharnés sur les nègres, ont développé des pseudo-justifications de la traite négrière, se sont accaparés de leur histoire et ce fait est sans précédent dans l'histoire de l'humanité.

Comment se fait-il que le leucoderme arrive à prendre en otage les pays noirs ? Il suffit de rappeler au moins une réponse : il s'agit de la pratique d'une manipulation du Noir qui a permis et permet encore de nous humilier. Qu'est-ce à dire ?

On n'a pas cessé d'enseigner aux Africains le rejet de leurs propres valeurs. Ce qui entraîne inévitablement un complexe d'infériorité et une perte de confiance en soi-même. En outre, le leucoderme impose depuis plusieurs années son modèle axiologique, social et économique aux populations noires.

C'est dans la même perspective que se situe la colonisation faite de violence et de brutalité, de barbarie et de viol dans tous les sens.

Ce qui en résulte, c'est, d'une part, la certitude de la supériorité du leucoderme à laquelle s'annexe égoïstement la politique des dirigeants locaux dans des pays africains rongés par des régimes sanguinaires qui assassinent tout espoir.

C'est, d'autre part, la quête de „coopération" avec et dans une Europe où les gouvernants durcissent les mesures de fermeture, de contrôle des frontières et de „non-coopération".

C'est à partir de cette base de réflexion que nous avons voulu mener une étude destinée à construire un nouvel imaginaire sain, non pathologique, en Afrique et dans la diaspora. Car le destin du continent dépend de l'image de lui-même qu'il se construit et de la façon dont il imagine son avenir. Nous avons du pain sur la planche d'autant plus que l'imaginaire des sociétés africaines se compose aujourd'hui d'une attitude et d'un comportement de dépréciation et de dépossession d'elles-mêmes qui empêche de se forger une force mentale créative et de bâtir un futur rayonnant.

Les sociétés africaines cèdent devant les canons et abandonnent les villages et les villes, la terre et ses richesses dans les mains des irresponsables armés et des leucodermes qui les arment. Une société ne peut ainsi progresser. C'est la peur des armes ou des personnes armées qui avait rendu possible l'esclavage. Nous avons l'obligation de défendre le Dieu-de-nos-Ancêtres contre l'herméneutique dévalorisante imposée par l'étrange étranger. Nous avons le devoir sacré de défendre l'Afrique avec ses hommes et ses femmes, avec ses richesses et son environnement, avec ses cultures et ses langues.

Il est temps de sensibiliser les Africains à la prise de conscience de la chance d'être nègre: engendreur de la Civilisation humainement humaine; peuple dont les souffrances réveillent les énergies créatrices d'un nouvel ordre africain et mondial.

ANNEXES:

1. „*Les Marocains nous ont bastonnés comme des ânes*" *Témoignages d'immigrés sénégalais rapatriés à Dakar par le Maroc.* Par Marie-Laure JOSSELIN, mercredi 12 octobre 2005

2. *Hypocrisie européenne et responsabilité africaine*

3. *L'apport historique de l'immigration occulté*

4. *Loi n° 2005-158 du 23 février 2005 portant reconnaissance de la Nation et contribution nationale en faveur des Français rapatriés*

5. *Lettre ouverte ouverte à Monsieur Nicolas SARKOZY, Ministre d'Etat de la République Française en visite au BENIN.* Par Albert TEVOEDJRE

1)

„Les Marocains nous ont bastonnés comme des ânes". Témoignages d'immigrés sénégalais rapatriés à Dakar par le Maroc.

Par Marie-Laure JOSSELIN, mercredi 12 octobre 2005

„Je veux parler, on sort les bâtons. Je veux boire, les bâtons. Je veux manger, les bâtons. Je veux pisser, encore les bâtons", Kokoubo Dramé, 29 ans, ancien boulanger à Dakar et candidat à l'immigration vers l'Europe, se remémore tristement et haineusement les six jours passés dans les prisons marocaines. Il a été rapatrié de force, hier au Sénégal, dans le troisième vol depuis lundi.

A peine descendus du bus qui les attendait à la sortie de leur avion provenant du Maroc, Kokoubo et plus de 140 Sénégalais rapatriés s'assoient sagement sur des bancs. Calmes, les hommes portent pratiquement tous les mêmes joggings, gracieusement offerts par les Marocains. Quelques-uns ont les mains ou les pieds bandés, d'autres se déplacent avec des béquilles mais tous restent silencieux dans ce hangar près de l'aéroport de Dakar, passage obligé pour les quelque 430 Sénégalais qui n'ont pas eu la chance de franchir les grillages des enclaves espagnoles.

Identification. Kokoubo attend son tour comme les autres pour se faire vacciner contre la fièvre jaune avant de se présenter devant les policiers pour la prise d'empreintes et l'identification. Jamais il n'a pensé qu'entrer en Europe, c'était recevoir des coups, lui qui a perdu plus d'1 million de francs CFA (1 500 euros) dans ce voyage. „On pense qu'entrer en Europe, c'est gagner quelque chose, c'est ça qu'on cherche, une Europe pour aider la famille et ne pas être un voleur ou un clochard."

Alors il a pris la route, il y a un an. „Je suis parti d'abord en Afrique centrale, puis en Algérie pour rentrer au Maroc où je faisais le business avec les Marocains mais toujours ça tournait mal, ils mangeaient mon argent alors comme j'ai vu des gens passer au grillage, je suis parti pour tenter ma chance. J'ai tenté, je suis rentré à Melilla, les Espagnols m'ont pris et donné aux Marocains qui ont commencé à taper, à fouiller. Ils ont pris mon téléphone, tout l'argent que j'avais, même mes chaînes plaquées et mes papiers, ils ont tout pris et après, lance Kokoubo, tapé, attaché les mains dans le dos, par deux, et amené en prison pour nous maltraiter. Et mes blessures, poursuit-il de plus en plus énervé, c'est pas au grillage car le grillage il nous blesse pas, j'avais fait une échelle sans problème, non les blessures, c'est à cause du tabassage des Marocains.“

Arona Cissoko approuve. Assis à côté de lui, il a presque le même parcours, la même histoire, exception faite qu'il a 15 ans et qu'il est parti depuis six mois. Sur son trajet, il reste flou, mais il montre ses baskets ouvertes sur le devant et complètement élimées. Il a marché et marché pour arriver à Nador où „il a fait l'assaut“ avec 400 clandestins dans la nuit de mercredi à jeudi dernier. Bilan : 6 morts. „Mais nous, Dieu nous a sauvés, les balles ne sont pas tombées sur nous. Par contre, lorsque les Marocains nous ont emmenés en prison“, et là il jure en arabe devant Dieu, „ils nous ont bastonnés comme des ânes et c'est du pain sec seulement qu'on mangeait, une journée, un pain. Pendant six jours, on nous a maltraités. Quand les Marocains disent que le Sénégal et le Maroc, c'est deux pays comme ça“, montre-t-il en collant ces deux mains pour les relier, „eh bien non ! C'est pas un pays frère, sinon ils nous auraient pas traités ainsi. Lors de l'attaque, il y en a qui n'ont même pas réussi à atteindre le grillage, ils ont tiré comme ça, à balles réelles. Il y en a qui sont morts“.

Trop de morts. Hors du hangar, Babacar, 25 ans, mange du pain près de sa soeur. Arrivé hier, il va „retourner au Maroc, inch Allah, car (il) travaille là-bas. Ce sont les clandestins qui ont amené les problèmes“. Pris dans une rafle, ce Sénégalais était guide au Maroc depuis trois ans et n'avait pas renouvelé sa carte de séjour.

Enchaîné dans le désert sans eau ni nourriture avant de retourner à Oujda pour prendre l'avion pour Dakar, Babacar ne comprend pas car lui „n'est pas clandestin“. Si certains, comme Amadou Diallo, blessé à la tête lors d'un assaut, ne retenteront pas le périple car ils ont vu trop de morts, d'autres comme Kokoudou réessaieront car „il n'y a pas de futur, c'est la malchance maintenant. On n'a rien. Le futur, c'est recommencer à zéro".

http://www.liberation.fr/

2)
Hypocrisie européenne et responsabilité africaine

Bonjour à tous (…),

Je suis (…) d'avis qu'il est grand temps que nous changions de langage pour nos compatriotes et pour l'avenir de notre pays. Nous devons changer d'être des „néo colonisés", [permettez-moi le terme] en brandissant l'Occident comme le modèle de tout. Nous devons cesser de servir de propagandistes sans le vouloir de l'Occident car cet Occident a des pays comme les nôtres et qui ont des problèmes comme les nôtres car étant occupés par des humains comme nous.

Mais ce qu'il faut faire c'est la part des choses: analyser d'une façon franche les raisons qui font que nos pays sont dans les situations actuelles et qu'est-ce qu'il faut faire pour ramener le pays sur la voie de partage équitable des revenus du pays. Aussi analyser les variables qui font que les pays d'occident malgré les difficultés qu'ils connaissent mais ils parviennent à s'en tirer et à répondre ou à trouver des solutions adéquates qui répondent à leurs besoins immédiats et futurs. Je veux dire, nous avons besoin des visionnaires au lieu de copier sans analyser profondément nos problèmes. Quand j'avais visité le pays avant la guerre de Kabila en décembre 1995-Janvier 1996, j'ai rencontré plusieurs jeunes et j'ai discuté avec eux à ces moments-là pour tester la situation des jeunes de demain. Il est vrai que tous ne rêvaient que sortir du pays. A la question de savoir ce qu'ils veulent faire en allant à l'occident, peu si pas personne n'était capable de me dire exactement ce qu'il comptait faire en allant en occident. J'ai pris des notes et je me suis demandé à ce moment-là où allait le pays car la jeunesse, l'espoir de demain manquait de direction. J'avais aussi vite plusieurs de ces camps de réfugiés rwandais depuis Uvira jusque vers Kalehe. Tu pouvais sentir en l'air que quelque chose allait arriver mais la jeunesse ne s'en rendait pas compte. ET quand j'essayé de les raisonner sur la situation que traverse le pays, les réponses que j'avais recueilli m'avaient surpris. Ce n'était pas leur problème... J'ai travaillé dès mon entrée aux USA comme „caseworker" pour le programme d'accueil des réfugiés Vietnamiens, Laotiens, Cambodgien, Ethiopiens, Ertyhtréens pour une petite durée et j'ai appris beaucoup.

L'état d'esprit de collaboration et d'entraide de ces réfugiés m'avait marqué. Et c'est ce sens de collaboration et d'entraide mutuelle qui pet être nous manque, si je peux le dire sans chercher à offenser qui que ce soit. Savoir soutenir les efforts des uns et des autres, des entreprises des uns et des autres, avoir un esprit laborieux et se soutenir mutuellement. Parvenir à faire une force économique de production pas de consommation sur laquelle on peut compter et savoir canaliser cette force économique vers des projets soutenus par nous, pour nous avec une vision nouvelle en nous informant sur ce que les autres ont fait et éviter les erreurs du passé. Aujourd'hui tu vois cette émergence économique des asiatiques en moins de trente ans ici aux USA. Qu'est-ce qui nous manque pour faire tête aux forces qui détruisent notre patrimoine, notre pays?

Je vous fais juste ces quelques réflexions pour compléter ce que vous venez de commencer et ajouter ma contribution aux point soulevés par vous tous et par notre frère Wenga.

Patriotiquement vôtre,

Prof. Myango W. Kapuku
Congo Right for Peace, progress and Prosperity
CABPUDI

Sans faire trop de commentaires, à mon avis je pense qu'il existe une Agence des Nations Unies qui peut mieux traiter cette situation d'Immigration clandestine, c'est l'Organisation Internationale pour les Migrations en sigle OIM en collaboration avec les autorités Gouvernementales des pays africains. Que l'Union Européenne et la Communauté Internationale puisse mettre des moyens possibles pour le Développement de l'Afrique et sans cela, cette situation ne s'arrêtera jamais car même aujourd'hui dans notre pays la

RDC beaucoup des Jeunes Congolais et Congolaise pensent toujours que vivre en Europe ou en Amérique c'est vivre au paradis. Encore une fois de plus merci et bon courage.

Patriotiquement le vôtre

William Bumba,

Technicien en Développement Rural et Manager.

Kinshasa/RD.Congo.

3)
L'apport historique de l'immigration occulté

Chères toutes et tous,

Ils avaient fui la misère pour trouver le bonheur au grand Eldorado européen. Ils espéraient y arriver en comptant sur la 'compréhension' des européens, sur 'l'humanisme' des pays de transit et le soutien des opinions publiques (surtout la société civile) européennes. Ils n'ont rencontre que cynisme, indifférence, humiliation, un soutien mou de la société civile européenne, qui n'a pas su éviter le pire. Ils n'ont eu que des bosses, du sang, de la brutalité et malheureusement des balles réelles qui firent des morts :

14 morts, 500 africains 'oubliés' dans le désert et 2400 à 3000 rassemblés pour être expulsé du Maroc. Effroyable bilan, pour ces jeunes africains qui ont errés dans le désert, certains pendant deux à trois ans. Ces immigrants africains ont vu leur rêve se briser à deux portes de l'Europe (Ceuta et Melilla, deux enclaves espagnoles du Maroc); les portes les plus perméables, les plus poreuses, pensaient-ils, naïvement. Epuise, et rongé par l'amertume et un brin de rancœur, ils se résignent à être refoulé chez eux.

Parqués comme des bêtes de somme, dormants à même le sol, souvent en haillons, les yeux hagards, les visages amaigris et les corps faméliques, les télévisions occidentales montrent en temps réel et en continu, cette révoltante atroce réalité. Des jeunes africains qui tentent – au péril de leur vie - d'escalader les barbelés pour atterrir en terre espagnole. Ces télévisions font leur boulot (informer l'opinion), il est, toutefois, difficile de distinguer le voyeurisme et l'information. Car la diffusion de ces images conforte tant soit peu le côté 'voyeuriste' des grands médias occidentaux. Ces médias n'évoquent l'Afrique qu'a l'occasion de massacres, de pandémies, de cataclysmes, de famines, des africains fuyant la misère et qui meurent en se noyant en tentant d'atteindre l'Europe par la mer, dans les embarcations de fortune. La répétition de ces images négatives finissent par s'encrer dans l'imaginaire collectif occidental, que notre cher continent l'Afrique est maudite, que c'est un cas perdu, une succursale de l'enfer, inlassablement parcouru par les quatre cavaliers de l'apocalypse(massacres répétitifs, pandémie, famine et calamités naturelles) et qu'il ne s'en sortira jamais.

L'Espagne a frappé très fort. Elle expulse les émigrants clandestins vers le Maroc, qui à son tour les renvoie en Algérie, pauvres migrants qui se trouvent ballotes dans le vent, victimes malgré eux, de la discorde séculaire entre Casa et Alger. Au Maroc, les émigrés sont entassés dans des bus, menottes aux poings, une africaine pleure et lance un cri de détresse 'aidez-nous', à côté d'elle, un autre jeune pleure aussi. Car ce saut dans le désert fait froid au dos. Les indésirables (y compris des femmes et des enfants) sont jettes dans le désert du Sahara, sans eau, nourriture et sans assistance. Un journaliste Marocain, très audacieux (téméraire ?) s'indigne et explose : ' la personne qui a ordonné une telle action, doit être mis au arrêt, car on ne peut pas jeter des êtres humains dans le désert, sans assistance, ceci est simplement un crime qui ne dit pas son nom '.

Les chauffeurs des bus ont reçu l'ordre de ne s'arrêter qu'aux postes frontières avec l'Algérie. Les 'passagers' ne peuvent même pas se détendre pendant ce long trajet. Les immigrants –candidats à l'exil- viennent de partout (Mali, Sénégal, Ghana, Guinée-Conakry, Guinée-Bissau, Côte-d'Ivoire, Nigeria, Liberia, Cameroun et Togo), on dénombre aussi quelques RD Congolais.

L'Espagne socialiste de José Luis Rodriguez Zapatero a oublié l'Espagne fasciste de Francisco Franco (1939-1977), le Portugal socialiste de Jorge Sampaio a fait table rase du Portugal fasciste de Antonio de Oliveira Salazar 1932-1968) et de Marcelo Caetano (1970-1974), de même l'Italie de Silvio Berlusconi semble ne pas se souvenir de l'Italie fasciste de Benito Mussolini (1922-1943) et les terribles années de plomb (les années 60 et 70). Les régimes fascistes de ces trois pays avaient un point commun : ils poussèrent beaucoup de leurs compatriotes de fuir et d'aller chercher refuge dans d'autres pays européens, pour une vie meilleure.

Les années 50, l'Europe de l'après-guerre est en reconstruction, financé en partie par le plan Marshall. Dans les années 60 l'Europe est en phase avancée de sa reconstruction, et présente deux Europe : L'Europe pauvre (Espagne, Portugal, Italie) et l'Europe riche (Allemagne, France, Suisse). L'Europe riche réalise le triptyque envieux : forte croissance, stabilité des prix et plein emploi. Pour maintenir cette formidable embellie, l'Europe riche a besoin des bras supplémentaires. La richesse européenne a bouleversé les mentalités. Dans les trois pays européens très riches (Allemagne, France et Suisse), les ressortissants de ces pays –qui bénéficient d'un niveau de vie élevé- délaissent certains travaux, qu'ils jugent dévalorisants. Il fallait donc recruter les travailleurs étrangers.

En Suisse, ce sont des portugais, italiens et espagnols qui remplirent ces taches. Ils étaient dans la construction des immeubles (administratifs et habitats), construction, entretien et réparations des routes, ponts et chaussées, plombiers, tourneurs, fraiseurs, ouvriers agricoles et nettoyage des bureaux. En Allemagne; troisième puissance économique mondiale (après le Japon et les Etats-Unis), on fit appel aux Turcs. Les Africains des colonies françaises firent appeler à occuper des postes que les Français ne voulaient plus. Les Africains seront recrutés comme éboueurs, maçons, et a d'autres tâches ingrates et peu gratifiantes, qui ne demandaient aucune qualification. C'était la troisième fois que les Africains venaient au secours de la France : ils sont morts pour la France pendant les deux premières guerres mondiales (1914-18 et 1939-45), ils sont venus travailler pour la prospérité de la France et des français. Car, ne l'oublions pas, les émigrés (portugais, italiens, espagnols, turcs et africains) étaient considérés comme des citoyens de troisième catégorie, dans les pays employeurs. Ils ne profitèrent pas vraiment de l'opulence des pays d'accueils, simplement parce qu'ils étaient confinés dans des activités économiques à bas salaire. Les conditions ne furent pas créées, pour leur intégration dans les pays d'accueil.

Toutefois, le fascisme au Portugal, le fascisme en Espagne et les années de plomb en Italie, n'avait pas seulement exporté des ouvriers et travailleurs sans qualifications. Beaucoup des cadres et une partie de l'élite politique, furent aussi contraints à l'exil. L'idéologie fasciste avait interdit les partis politiques, syndicats, liberté d'association et d'expression, tout forme de débats contradictoires, la presse audio-visuelle de l'Etat était seule autorisée, le parlement était réduit à une simple chambre d'enregistrement, a une caisse de résonance et en un vecteur puissant de la propagande du gouvernement. Un véritable parlement de pantouflards médiocres et aphones; dans cette mêlasse insipide, les 'élus' du peuple (en réalité des gens cooptés par le pouvoir) ne 'mouftèrent' guerre, chacun 'circonlocution' prudemment, préférant encaisser des cheques optimalisations. Des partis uniques furent crées (Espagne et Portugal), le culte de la personnalité –a la limite de la pathologie- fut voué aux guides éclairés (Franco, Salazar). Ils étaient dépositaires d'une mission divine, imposer le développement a marches forcées sans tenir compte de la volonté du peuple, la chasse au communisme et la préservation des valeurs chrétiennes. La répression fut terrible s'appuyant sur l'armée, les milices et les services de renseignement. Ces régimes fascistes s'appuyèrent aussi sur une partie de l'élite politique. À son exemple, certains moines - non pas tous! - s'y sont retirés pour répondre à l'appel de Dieu, et être seuls avec lui le plus élémentaire (l'eau se trouvait parfois très loin), toujours soumis aux aléas de la vie du désert (nombre d'entre eux sont morts assassinés par les brigands), obligés de travailler dur pour gagner de quoi s'acheter le peu dont ils avaient besoin, ils savaient en s'y enfonçant qu'ils n'auraient d'autre recours que la prière contre les terribles tentations qui ne pouvaient manquer de les assaillir. C'est sans doute pour cela que Dieu les y avait appelés: pour qu'ils y apprennent à ne vivre que de Lui, soutenus par une foi inébranlable en Lui. Le risque était grand, mais grande aussi la transfiguration promise (…). Des technocrates hautains et des intellectuels nombrilistes offrirent leur savoir, expertise et technicité a ces dictateurs, moyennant des prébendes, postes ministériels, gouverneurs et postes de PDG des entreprises étatiques et parastatales. Toutefois, quelques intellectuels opposèrent une farouche résistance au fascisme. Ils furent présentés par les affidés du fascisme, comme des idéalistes candides, routards naïfs, des illuminés anachroniques, des penseurs en chambre, des phraseurs prétentieux, la tête farcie d'idées fumeuses et improductives. Pourchassé et torturé, beaucoup de ces anti-fascistes se retrouvèrent en Allemagne, France, Suisse et dans d'autres pays européens et livrèrent un combat sans répit au fascisme. Les Etats-Unis protégèrent ces régimes fascistes, malgré la compromission de Salazar et Franco avec Hitler et Mussolini. Adolf Hitler et Benito Mussolini (les deux alliés), aidèrent puissamment Franco (envoi d'argent, des troupes et matériels militaires et avions) pendant sa guerre contre les Républicains.

En retour Franco, tout comme Salazar observèrent une 'neutralité' (discutable du reste) pendant la seconde guerre mondiale. Pour les Etats-Unis, la priorité n'était pas de combattre les régimes fascistes, pour qu'enfin, espagnols et portugais, recouvrent leur liberté et dignité. L'objectif prioritaire des Etats-Unis était de contenir l'expansion du communisme, qui selon eux, menacerait l'existence même du monde libre. Il fallait éviter à tout prix, qu'a l'instar des pays de l'Europe de l'Est, d'autres pays européens tombent sous la coupe de 'URSS. Salazar et Franco donnèrent des bases militaires aux américains. En échange, les américains offrirent leur protection (le Portugal fasciste n'était-il pas un des premiers pays à rejoindre l'OTAN ?). Cet appui, qui en fait, fut une gratifiante rente géostratégique pour Salazar et Franco, explique la longévité de deux régimes : Salazar est resté au pouvoir pendant 36 ans et Franco pendant 38 ans. Curieuse coïncidence, les deux 'timoniers et guides éclairés' moururent au pouvoir, après de longues et pénibles maladies. Les Portugais, Espagnols et Italiens continuèrent de s'exiler. Rien qu'en France, il y avait 1 000 000 (un million) des portugais en 1974. Pendant les années d'opulence, la présence massive des émigrés (espagnols, portugais, italiens et dans une moindre mesure africaine) ne posait aucun problème pour les pays riches et les mouvements d'extrême droite aux relents fascisants n'avaient pas opinion sur rue.

Il y avait trois catégories d'africains : les émigrés, les diplomates et les étudiants. Les diplomates et étudiants africains jouissaient d'un statut social reluisant. Je me souviens qu'un roman 'Sang d'Afrique Noir' était en vogue vers la fin des années 60. Beaucoup des filles blanches, dévoraient ce roman volumineux à deux tomes. On racontait l'histoire d'un étudiant africain, qui finit major de sa promotion, eu le malheur de draguer une jolie blonde de bonne famille. La blonde contre l'avis de ses parents, avait suivit son africain en Afrique. L'Africain devint Président de la République. Ceci bouleversa la donne. Ses beaux parents s'excusèrent et l'adoptèrent. Dans l'imaginaire collectif, des suisses, français, allemands, l'étudiant africain – à l'époque- était un futur président sinon ministre, une fois rentré dans son pays.

L'immigration avait beaucoup apporté pour les pays d'accueil, pour les pays d'origine aussi. Malgré leur bas salaire, les immigrants (africains, espagnols, portugais et turcs) participaient à l'expansion de la richesse de leurs pays d'origine, par l'envoi des transferts sans contre partie (pour soutenir leurs familles restées au pays, les émigrés envoyaient une partie de leurs salaires). Les années fastes étaient de très belles années; les attaques racistes n'étaient pas nombreuses et localisées. À l'exception de la Suisse, la politique d'immigration des pays riches était souple et accommodante. Tant qu'il y avait beaucoup de travail que les autochtones ne voulaient plus faire, autant faire appel aux travailleurs émigrés.

Puis vint ce que personne n'avait prédit : le premier choc pétrolier en 1973 : le prix du pétrole s'envola de 3 dollars américains a 24 dollars le baril. Sonner au vif, les pays riches n'eurent pas le temps d'organiser la riposte, quand le deuxième choc intervient en 1979. Ces deux chocs furent meurtriers et beaucoup des pays en portent encore les stigmates : taux de chômage élevé dans les pays riches et dette extérieure excessif dans les pays pauvres.

Le triptyque (forte croissance, stabilité des prix et plein emploi) fut balayé. L'inflation vit le jour et le chômage revint en force. La montée du chômage en Europe réveilla les réflexes protectionnistes et racistes. Ce qui s'était déjà produit les années 30 : les mythes archaïques resurgirent avec un dynamisme essentiellement instinctif et émotionnel. Ce fut une aubaine inespérée pour les partis d'extrême droite en déperdition. Sans gêne, les dirigeants de ces partis, distillaient des phrases assassines : 'La vie devient cher ? C'est la faute aux étrangers qui vous bouffent votre pain. Le chômage augmente ? C'est la faute aux étrangers qui vous volent votre travail, l'insécurité vous fait peur ? C'est la faute aux étrangers qui volent, agressent et dérangent votre quiétude. La solution; contrôler l'immigration, bouter les étrangers dehors'. Ces propos exagérément vindicatifs furent mouche au niveau des opinions publiques de la riche Europe, frustrées par l'impuissance de ses dirigeants à juguler le chômage et à assurer leur sécurité.

De l'Allemagne en France, de l'Autriche en Suisse, les partis d'extrême- droite surfèrent sur cette démagogie éhontée. En Suisse, le leader du parti d'extrême-droite, Schwarzenbach, lança une initiative xénophobe, qui visait à réduire le nombre d'étrangers par un contrôle draconien du flux migratoire. Jean-Marie Le Pen se refit une bonne santé politique. En Hollande, Allemagne, aussi bien qu'en Belgique, les partis d'extrême-droite affichaient ouvertement leur xénophobie et racisme. Atterré et déboussolé, les partis classiques de gauche comme de droite, donnèrent l'impression qu'ils étaient dépassés. Laurent Fabius –alors Premier Ministre- déclara 'Jean-Marie Le Pen pose des vrais questions mais donne des mauvaises réponses'. Quand la droite française revint au pouvoir, Charles Pasqua –alors Ministre de l'intérieur- du Premier Ministre Chirac, sous la première cohabitation, n'hésita pas d'organiser des charters, pour expulser les sans papiers.

C'est dans ce climat délétère, qu'une nouvelle vague d'immigrants africains arriva en Europe. Le manque des opportunités (travail), la corruption, la gabegie et l'incurie dans beaucoup des nos pays jettera dans la précarité et la galère, des jeunes africains, cadres et ouvriers. Sans perspective d'avenir, poussé par l'extrême pauvreté, beaucoup des jeunes africains chercheront, par tout le moyen de quitter l'enfer africain, pour un avenir meilleur en Occident.

Les tragiques événements de Ceuta, Meilla et L'ampedusa ('l'une des portes d'entrée en Italie, qui a aussi eu ses victimes par noyade), soulignent l'insuffisance des réponses adéquates au problème d'immigration clandestine. Creuser des trous très larges et construire des barbelés, n'est pas la bonne réponse.

Multiplier les patrouilles de surveillance aux aéroports, ports et gare de trains et durcir les conditions d'octroi de visa ne sont pas non plus les bonnes réponses. Il faut attaquer le mal à la racine, sinon on s'attardera aux effets et la cause produisant les mêmes effets, on tournera en rond à l'infini.

Comme l'a dit le Président Alpha Omar Konaré (Union Africaine) 'ces jeunes que nous voyons aujourd'hui affronter les fils de fer barbelés et les murs ne sont pas des voyous, ils sont tenus entre la pauvreté et les exigences de la solidarité'. Comme pour lui répondre en écho, un jeune confronte un médecin de MSF, qui secourait les migrants perdus dans le désert. Il dit en pleurant ' Ne faut pas faire ça, parce que je suis noir. Mon père est mort au Togo, ma mère est dans le camp des réfugiés au Bénin, je vais en Europe pour gagner honnêtement ma vie pour supporter ma famille'. Un autre raconte ' ma famille ne sait même pas, si je suis vivant. Je n'ai pas d'argent pour appeler Conakry'. Ce jeune rode dans le désert depuis deux ans. Un autre, âgé d'à peine 15 ans, rode dans le désert depuis 3 ans, il a quitté la Guinée-Bissau, il est sérieusement malade. Il réclame des soins d'un médecin espagnol. Un jeune ivoirien raconte son calvaire, il a 19 ans. L'Espagne et le Maroc se rejettent la responsabilité du drame. Les premiers reprochant aux seconds leur laxisme en matière de surveillance des frontières. Le gouverneur marocain de Nador, la région frontalière de Melilla, dresse une comptabilité : La surveillance des frontières et la chasse aux clandestins coûtent très cher au Maroc : 100 euro par clandestin interpellé par jour, soit l'équivalent de 6 écoles primaires en zone rural, 12 dispensaires, 12 foyers féminins, 114 km de piste pour désenclaver le monde rural. Il n'a pas encore vu les 140 millions euro promis par le gouvernement espagnol. Les médecins espagnols aussi témoignent à la télévision. Ils sont entrés clandestinement au Maroc, pour repérer et soigner les immigrants africains qui rodent dans le désert. Ils affirment que beaucoup de ces émigrants ont été sévèrement battus par des soldats marocains. Ils attestent aussi qu'il y a beaucoup d'enfants de moins de 10 ans et des femmes, certaines en grossesse.

Dans une conférence de presse avec Alpha Konaré et Louis Michel, José Manuel Barroso (Portugais et Président de la Commission européenne) a présenté un plan de partenariat stratégique pour la sécurité et le développement entre l'UE et l'Afrique. Il a ensuite déclaré 'le problème de l'immigration, dont nous voyons les conséquences dramatiques, ne peut être résolu efficacement a long terme que dans le cadre d'une coopération au développement ambitieuse et coordonnée permettant de s'attaquer à ses causes profondes'. Alpha Konaré appelle au 'financement du développement et de la solidarité' pour combattre ces migrations, qui sont le 'reflet de l'appauvrissement d'un continent dont 40% des habitants vivent avec moins de 1 EUR par jour'. Tant que la pauvreté ne sera pas réduite, tant que les pays africains n'offriront pas des véritables débouchés à leurs jeunes, tant que les inégalités de revenu persisteront en Afrique et que les ressources de nos pays profiteront exclusivement a des élites politiques fastueuses et a des néo-bourgeoisies compradore arrogantes et improductives, le déséquilibre entre notre continent et l'Occident s'accentuera. Et l'Occident (Europe et Etats-Unis) continuera de faire rêver nos jeunes en exerçant une profonde fascination sur eux. Malheureusement, la réalité n'incite pas à l'optimisme. Après avoir perdu les quatre décennies du développement (1970, 1980 et 1990) du siècle passé, notre continent a très mal commencé la première décennie du 21è siècle. L'Afrique –si on ne prend garde- risque de ne pas atteindre les 8 objectifs du développement. L'objectif numéro 1 est de réduire la pauvreté de moitié en 2015. Les experts des institutions multilatérales, des ONG et des chercheurs indépendants tirent la sonnette d'alarme : l'Afrique subsaharienne doit se ressaisir si elle veut gagner la guerre contre la pauvreté. Pouvons-nous gagner cette guerre dans les 10 ans à venir pour que –une fois n'est pas coutume- l'Afrique soit fière d'elle-même ?

Il n' y a pas longtemps, on nous parlait des 'boat people' qui venait du Vietnam, bravaient la mort en s'embarquant dans l'océan avec des embarcations de fortune, en direction des Etats-Unis. Depuis

153

deux décennies, on ne parle plus de ces immigrants clandestins. Savez-vous pourquoi ? Parce que le Vietnam, pays émergent a mis de l'ordre chez lui. Pourtant ce pays vient de loin. Les dirigeants vietnamiens avaient hérités d'une économie exsangue, résultat d'une longue guerre avec le pays le plus puissant de la terre (Etats-Unis) et des années d'une planification ubuesque et excessive étatisation du parti communiste. Si le Vietnam a relevé la tête après tant de traumatisme et de destruction, pourquoi pas l'Afrique ?

Patriotiquement votre

Mme Mulegwa Kinja

13 octobre 2005

4)
Loi n° 2005-158 du 23 février 2005 portant reconnaissance de la Nation et contribution nationale en faveur des Français rapatriés (1)

NOR : DEFX0300218L

L'Assemblée nationale et le Sénat ont adopté,
Le Président de la République promulgue la loi dont la teneur suit:

Article 1

La Nation exprime sa reconnaissance aux femmes et aux hommes qui ont participé à l'oeuvre accomplie par la France dans les anciens départements français d'Algérie, au Maroc, en Tunisie et en Indochine ainsi que dans les territoires placés antérieurement sous la souveraineté française.

Elle reconnaît les souffrances éprouvées et les sacrifices endurés par les rapatriés, les anciens membres des formations supplétives et assimilés, les disparus et les victimes civiles et militaires des événements liés au processus d'indépendance de ces anciens départements et territoires et leur rend, ainsi qu'à leurs familles, solennellement hommage.

Article 2

La Nation associe les rapatriés d'Afrique du Nord, les personnes disparues et les populations civiles victimes de massacres ou d'exactions commis durant la guerre d'Algérie et après le 19 mars 1962 en violation des accords d'Evian, ainsi que les victimes civiles des combats de Tunisie et du Maroc, à l'hommage rendu le 5 décembre aux combattants morts pour la France en Afrique du Nord.

Article 3

Une fondation pour la mémoire de la guerre d'Algérie, des combats du Maroc et de Tunisie est créée, avec le concours de l'Etat.

Les conditions de la création de cette fondation sont fixées par décret en Conseil d'Etat.

Article 4

Les programmes de recherche universitaire accordent à l'histoire de la présence française outre-mer, notamment en Afrique du Nord, la place qu'elle mérite.

Les programmes scolaires reconnaissent en particulier le rôle positif de la présence française outre-mer, notamment en Afrique du Nord, et accordent à l'histoire et aux sacrifices des combattants de l'armée française issus de ces territoires la place éminente à laquelle ils ont droit.

La coopération permettant la mise en relation des sources orales et écrites disponibles en France et à l'étranger est encouragée.

Article 5

Sont interdites :

- toute injure ou diffamation commise envers une personne ou un groupe de personnes en raison de leur qualité vraie ou supposée de harki, d'ancien membre des formations supplétives ou assimilés;

- toute apologie des crimes commis contre les harkis et les membres des formations supplétives après les accords d'Evian.

L'Etat assure le respect de ce principe dans le cadre des lois en vigueur.

Article 6

I. - Les bénéficiaires de l'allocation de reconnaissance mentionnée à l'article 67 de la loi de finances rectificative pour 2002 (n° 2002-1576 du 30 décembre 2002) peuvent opter, au choix:

- pour le maintien de l'allocation de reconnaissance dont le taux annuel est porté à 2 800 EUR à compter du 1er janvier 2005;

- pour le maintien de l'allocation de reconnaissance au taux en vigueur au 1er janvier 2004 et le versement d'un capital de 20 000 EUR;

- pour le versement, en lieu et place de l'allocation de reconnaissance, d'un capital de 30 000 EUR.

En cas d'option pour le versement du capital, l'allocation de reconnaissance est servie au taux en vigueur au 1er janvier 2004 jusqu'au paiement de ce capital. A titre conservatoire, dans l'attente de l'exercice du droit d'option, l'allocation de reconnaissance est versée à ce même taux.

En cas de décès, à la date d'entrée en vigueur de la présente loi, de l'ancien supplétif ou assimilé et de ses conjoints ou ex-conjoints survivants lorsqu'ils remplissaient les conditions fixées par l'article 2 de la loi no 94-488 du 11 juin 1994 relative aux rapatriés anciens membres des formations supplétives et assimilés ou victimes de la captivité en Algérie, une allocation de 20 000 EUR est répartie en parts égales entre les enfants issus de leur union s'ils possèdent la nationalité française et ont fixé leur domicile en France ou dans un Etat de la Communauté européenne au 1er janvier 2004.

Les personnes reconnues pupilles de la Nation, orphelines de père et de mère, de nationalité française et ayant fixé leur domicile en France ou dans un Etat de la Communauté européenne au 1er janvier 2004, dont l'un des parents a servi en qualité de harki ou membre d'une formation supplétive, non visées à l'alinéa précédent, bénéficient d'une allocation de 20 000 EUR, répartie en parts égales entre les enfants issus d'une même union.

Les modalités d'application du présent article, et notamment le délai imparti pour exercer l'option ainsi que l'échéancier des versements prenant en compte l'âge des bénéficiaires, sont fixés par décret en Conseil d'Etat.

II. - Les indemnités en capital versées en application du I sont insaisissables et ne présentent pas le caractère de revenus pour l'assiette des impôts et taxes recouvrés au profit de l'Etat ou des collectivités publiques.

Article 7

I. - Aux articles 7, 8 et 9 de la loi no 94-488 du 11 juin 1994 relative aux rapatriés anciens membres des formations supplétives et assimilés ou victimes de la captivité en Algérie, la date: „ 31 décembre 2004 „ est remplacée par la date : „ 31 décembre 2009 „.

II. - Le deuxième alinéa de l'article 7 de la même loi est remplacé par deux alinéas ainsi rédigés :

„Cette aide est attribuée aux personnes précitées destinées à devenir propriétaires en nom personnel ou en indivision avec leurs enfants à condition qu'elles cohabitent avec ces derniers dans le bien ainsi acquis. Elle est cumulable avec toute autre forme d'aide prévue par le code de la construction et de l'habitation. „

III. - Au premier alinéa de l'article 9 de la même loi, les mots : „ réalisée avant le 1er janvier 1994 „ sont remplacés par les mots : „ réalisée antérieurement au 1er janvier 2005 „.

Article 8

Après le septième alinéa (4°) de l'article L. 302-5 du code de la construction et de l'habitation, il est inséré un alinéa ainsi rédigé :

„Sont considérés comme logements locatifs sociaux au sens du troisième alinéa ceux financés par l'Etat ou les collectivités locales occupés à titre gratuit, à l'exception des logements de fonction, ou donnés à leur occupant ou acquis par d'anciens supplétifs de l'armée française en Algérie ou assimilés, grâce à une subvention accordée par l'Etat au titre des lois d'indemnisation les concernant. „

Article 9

Par dérogation aux conditions fixées pour bénéficier de l'allocation de reconnaissance et des aides spécifiques au logement mentionnées aux articles 6 et 7, le ministre chargé des rapatriés accorde le bénéfice de ces aides aux anciens harkis et membres des formations supplétives ayant servi en Algérie ou à leurs veuves, rapatriés, âgés de soixante ans et plus, qui peuvent justifier d'un domicile continu en France ou dans un autre Etat membre de la

Communauté européenne depuis le 10 janvier 1973 et qui ont acquis la nationalité française avant le 1er janvier 1995.

Cette demande de dérogation est présentée dans le délai d'un an suivant la publication du décret d'application du présent article.

Article 10

Les enfants des personnes mentionnées à l'article 6 de la loi no 94-488 du 11 juin 1994 précitée, éligibles aux bourses nationales de l'éducation nationale, peuvent se voir attribuer des aides dont les montants et les modalités d'attribution sont définis par décret.

Article 11

Le Gouvernement remettra au Parlement, un an après l'entrée en vigueur de la présente loi, un rapport faisant état de la situation sociale des enfants d'anciens supplétifs de l'armée française et assimilés et recensera les besoins de cette population en termes de formation, d'emploi et de logement.

Article 12

I. - Sont restituées aux bénéficiaires des indemnisations ou en cas de décès à leurs ayants droit les sommes prélevées sur les indemnisations par l'Agence nationale pour l'indemnisation des Français d'outre-mer et affectées au remboursement partiel ou total des prêts au titre des dispositions suivantes :

1° L'article 46 de la loi no 70-632 du 15 juillet 1970 relative à une contribution nationale à l'indemnisation des Français dépossédés de biens situés dans un territoire antérieurement placé sous la souveraineté, le protectorat ou la tutelle de la France;

2° Les troisième, quatrième et cinquième alinéas de l'article 3 de la loi no 78-1 du 2 janvier 1978 relative à l'indemnisation des Français rapatriés d'outre-mer dépossédés de leurs biens.

II. - Sont aussi restituées aux personnes ayant bénéficié d'une indemnisation en application de l'article 2 de la loi no 87-549 du 16 juillet 1987 relative au règlement de l'indemnisation des rapatriés ou à leurs ayants droit les sommes prélevées, en remboursement de prêts professionnels, sur l'aide brute définitive accordée lors de la cession de biens agricoles dans le cadre des protocoles franco-tunisiens des 13 octobre 1960 et 2 mars 1963.

III. - Les restitutions mentionnées aux I et II n'ont pas le caractère de revenus pour l'assiette des impôts et taxes recouvrés au profit de l'Etat ou des collectivités publiques. Elles n'entrent pas dans l'actif successoral des bénéficiaires au regard des droits de mutation par décès.

IV. - Un décret en Conseil d'Etat fixe les conditions d'application du présent article , notamment les modalités de versement des sommes restituées ainsi qu'un échéancier prenant en compte l'âge des bénéficiaires de l'indemnisation.

V. - Les demandes de restitution sont présentées dans le délai de deux ans à compter de la publication du décret mentionné au IV.

Article 13

Peuvent demander le bénéfice d'une indemnisation forfaitaire les personnes de nationalité française à la date de la publication de la présente loi ayant fait l'objet, en relation directe avec les événe-ments d'Algérie pendant la période du 31 octobre 1954 au 3 juillet 1962, de condamnations ou de sanctions amnistiées, de mesures administratives d'expulsion, d'internement ou d'assignation à rési-dence, ayant de ce fait dû cesser leur activité professionnelle et ne figurant pas parmi les bénéficiaires mentionnés à l'article 1er de la loi no 82-1021 du 3 décembre 1982 relative au règlement de cer-taines situations résultant des événements d'Afrique du Nord, de la guerre d'Indochine ou de la Seconde Guerre mondiale.

L'indemnité forfaitaire mentionnée au précédent alinéa n'a pas le caractère de revenu pour l'assiette des impôts et taxes recouvrés au profit de l'Etat ou des collectivités territoriales.

Un décret en Conseil d'Etat détermine le montant de cette indemni-té qui tient compte notamment de la durée d'inactivité justifiée ain-si que les modalités de versement de cette allocation.

Cette demande d'indemnité est présentée dans le délai d'un an suivant la publication du décret d'application du présent article.

La présente loi sera exécutée comme loi de l'Etat.

Fait à Paris, le 23 février 2005.

Jacques Chirac

Par le Président de la République :

Le Premier ministre,
Jean-Pierre Raffarin
Le ministre de l'éducation nationale, de l'enseignement supérieur et de la recherche,
François Fillon
La ministre de la défense,
Michèle Alliot-Marie
Le ministre de l'économie, des finances et de l'industrie,
Hervé Gaymard
Le ministre délégué au budget et à la réforme budgétaire, porte-parole du Gouvernement,
Jean-François Copé
Le ministre délégué aux anciens combattants,
Hamlaoui Mékachéra

(1) Travaux préparatoires : loi no 2005-158.
Assemblée nationale :
Projet de loi no 1499;
Rapport de M. Christian Kert, au nom de la commission des affaires culturelles, no 1660;
Discussion et adoption le 11 juin 2004.

Sénat :
Projet de loi, adopté par l'Assemblée nationale, no 356 (2003-2004);
Rapport de M. Alain Gournac, au nom de la commission des affaires sociales, n° 104 (2004-2005);
Discussion et adoption le 16 décembre 2004.

Assemblée nationale :
Projet de loi, modifié par le Sénat, no 1994;
Rapport de M. Christian Kert, au nom de la commission des affaires culturelles, no 1999;
Discussion et adoption le 10 février 2005.

5)
Lettre ouverte à Monsieur Nicolas SARKOZY, Ministre d'Etat de la République Française en visite au BENIN.
Par Albert TEVOEDJRE

Monsieur le Ministre d'Etat,

Vous l'avez constaté : Votre visite en Afrique, en cette période de débat sur l'immigration en France, a beaucoup surpris.

Vous arrivez aujourd'hui au Bénin, modeste pays du Golfe de Guinée, qui n'aime pas jouer dans la cour des grands parce qu'il mesure justement sa place dans le monde qui est celle d'un „ petit val qui mousse les rayons „ - petit val qui attire cependant l'attention de beaucoup dont jadis votre illustre compatriote – Emmanuel MOUNIER. Il risqua le mot resté célèbre : ''le Dahomey quartier latin de l'Afrique.'' En vous arrêtant chez nous au lendemain d'élections présidentielles perçues dans toute l'Afrique comme un signe de renouveau démocratique salvateur, vous confortez cette opinion.

Soyez donc le bienvenu.

Notre Bénin se veut en effet un des pôles du changement dont rêvent tous les peuples, tous les jeunes du continent. Changement dans la gouvernance, changement aussi dans le mode de relation avec nos partenaires au Bénin, en Afrique, dans le monde.

Voilà pourquoi la loi que vous avez initiée pour maîtriser l'immigration en France ne laisse indifférent aucun responsable africain. Au Bénin, nous sommes solidaires des sénégalais, des maliens et de tous les autres qui ont exprimé vivement leur grande préoccupation. Chez nous les choses sont claires depuis longtemps. Nous sommes la terre d'origine de Toussaint Louverture. Nous nous reconnaissons fils et disciples d'Aimé Césaire, sœurs et frères consanguins de Christiane Taubira, compagnons critiques mais déterminés de Léopold Sédar Senghor dans sa juste croisade pour „ déchirer les rires banania sur tous les murs de France „. Sans jamais trop insister, nous savons le prix du sang versé pour la liberté sur des champs de bataille qui nous furent communs.

Alors, nous sommes très attentifs aux soucis quotidiens du Conseil Représentatif des Associations Noires en France que préside le Béninois Patrick Lozes. Nous avons vécu très douloureusement la récente crise des banlieues dans tous ses débordements et donc aussi dans ses débats collatéraux sur la polygamie, le mariage mixte, le rap, et la fameuse loi sur les bienfaits du "temps glorieux des colonies".

Votre présence en terre africaine nous donne ainsi une précieuse opportunité que nous devons saisir pour exprimer notre part de vérité. Notre histoire mêlée à la vôtre fait de nous des „ayant droit à la France „. Nous avons droit à la France autant sinon davantage que certains ressortissants européens qui s'installent désormais sans nulle barrière de Dunkerque à Avignon. Nous avons droit à la France en raison des sueurs de toutes servitudes, en raison du sang communément versé pour la liberté, de notre langue commune, de l'exception culturelle ensemble revendiquée, de l'économie de traite à compenser.

Nulle raison donc pour que passent avant nous : Allemands, Bulgares ou Autrichiens, Hongrois, Ecossais, Polonais ou Croates – sauf pour des motifs d'options sociales à mémoire sélective. Si pour des considérations "pratiques" devenues malheureusement impérieuses notre droit à la France doit se trouver abusivement limité, j'aurais souhaité que votre visite chez nous serve au moins à reconnaître ce déni de justice et à éveiller en votre esprit – reconnu vif, fécond et créateur - des initiatives audacieuses, rédemptrices du mal qui risque de nous opposer durablement.

J'ose avancer qu'il existe des alternatives crédibles aux lois répressives d'aujourd'hui et nous devons ensemble nous attacher à les découvrir ou à les inventer.

Ainsi le 3 novembre dernier au moment où s'ouvrait à Bamako le 23ième sommet France-Afrique, il se tenait le même jour à Paris l'Assemblée Générale de l'Alliance Francophone animée par Jean Guion et présidée par l'ancien Premier Ministre Pierre Messmer.

Cette Assemblée générale à laquelle participaient l'amiral Philippe de Gaulle, l'académicien Maurice Druon, le sénateur Michèle ANDRE, résolut d'adresser un message pressant à Bamako pour adjurer les chefs d'Etat d'instituer à l'exemple du Royaume-Uni pour les ressortissants du Commonwealth un régime de „ visa francophone „ au profit des étudiants, chercheurs, scientifiques etc…

Ceci n'est qu'un exemple. Au-delà, beaucoup estiment que les moyens d'une régularisation de ceux qui vivent sur le sol français dépendent d'abord d'une volonté politique et d'une imagination créatrice qui hésitent à s'exprimer. Mais l'initiative la plus éloquente celle qui serait vraiment française, je voudrais maintenant l'énoncer :

- Mettons nous en dialogue positif – par exemple ici au Bénin - pour découvrir et inventer les projets et les mesures pouvant effectivement retenir en Afrique ceux qui n'ont que le choix de partir. Là est la solution; et cette solution – quoi qu'elle coûte - veut une grande politique de co-développement. Imaginons la création ou même la délocalisation dans certains pays d'Afrique, d'écoles et d'instituts supérieurs de science et de technologie ouverts à des usagers de toutes origines et de niveau suffisamment attractif pour gagner la confiance des plus exigeants.

Imaginons le renforcement des capacités d'un pays comme le Bénin à produire pour le marché des 250 millions de consommateurs qui l'entourent. Imaginons les investissements pour l'invention commune et la maîtrise commune des infrastructures déficientes pour l'eau, l'énergie et les communications sur tout le continent africain. Cette politique de co- développement que nul n'ose, c'est elle qui maîtrisera le flux migratoire. Si les programmes et projets de société des futurs dirigeants d'Europe, de la France en particulier, pouvaient intégrer cette nécessité dans leurs préoccupations la question de l'immigration deviendrait mineure; l'intérêt national trouverait une valeur positive dans un développement africain, socle pour la conquête d'échanges porteurs et pour une richesse partagée. Le dialogue autour de cette nouvelle politique économique et sociale élargie revêt un caractère de première urgence.

Si, vous fondant sur votre mémoire citoyenne, vous pouviez accepter, Monsieur le Ministre, de prendre en charge cette nécessité d'une vision moins partiale et moins parcellaire de l'immigration, si vous pouviez contribuer à donner à la France la chance d'une initiative majeure de salut public international, votre visite dans notre Bénin serait la semence inattendue d'un „ New deal „ dont notre monde a un pressant besoin.

La misère et l'humiliation qui accablent „ les petits, les obscurs, les sans- grade „ qui font les deux- tiers de l'humanité, voilà la source de l'immigration sauvage et du terrorisme ravageur. Devant ce mal qui menace et ronge par avance toutes nos conquêtes de prospérité, c'est Schopenhauer que je veux invoquer: „ Nous n'avons plus aucune chance… il faut la saisir „. Maintenant.

En vous souhaitant un séjour fructueux en notre Bénin qui veut porter chance à une nouvelle France des lumières, refondatrice d'humanité, je vous prie de recevoir, Monsieur le Ministre d'Etat, l'expression sincère de ma considération très distinguée.

Albert TEVOEDJRE

(Site www.tevoedjre.com)

ARNSPERGER, C., *Critique d'une existence capitaliste. Pour un éthique existentielle de l'économie*, Paris, Cerf, 2005

BALANDIER, G., *Sociologie actuelle de l'Afrique noire. Dynamique sociale en Afrique Centrale*, 2è éd., Paris, P.U.F., 1963.

BILOLO, M., *Aristote et la mélanité des anciens égyptiens*, in *Ankh* (Eevue d'égyptologie et des civilisations africaines), n° 6/7, 1997-1998, p. 139-160.

BILOLO, M., *Autorité et Maât dans la Philosophie Politique Africaine*. In: Présence Africaine (Ed.), *Pouvoir et Paix en Afrique*, Paris, 1996.

BILOLO, M., *Rechtsextremismus: Rassismus oder Inhumanismus. Zur Kritik der begrifflichen Verharmlosung des Grauens* (Schriftenreihe zur Friedenskunde 10), Düsseldorf, Dialog International, 1993.

BIMWENYI, K.O., *Congrégation de la Sainte Trinité et exigences d'inculturation*, in *Vie monastique et inculturation à la lumière des traditions et situations africaines. Actes du colloque international, Kinshasa, 19-25 février 1989*, Kinshasa, Archidiocèse de Kinshasa et Aide inter-monastères, 1989, p. 155-174.

BOVE, J. et LUNEAU, G., *Pour la désobéissance civile*, Paris, La Découverte, 2004.

CROS, M.-F. et MISSER, F., *Géopolitique du Congo (RDC)*, Bruxelles, Editions Complexes, 2006.

Culture et développement, n° 5/6, 1991, p. 21.

DIAKITE, T., *L'Afrique malade d'elle-même*, Paris, Karthala, 1986.

DIOP, C.A., *Antériorité des civilisations nègres: mythe ou vérité historique?* , Paris, Présence Africaine, 1967.

DIOP, C.A., *Civilisation ou barbarie? Anthropologie sans complaisance*, Paris, Présence Africaine, 1981.

DIOP, C.A., *Les fondements économiques et culturels d'un Etat fédéral d'Afrique Noire*, Paris, Présence Africaine, 1974.

DIOP, C.A., *Nations nègres et Culture*, Paris, Présence Africaine, 1979.

DIOP, C.A., *Parenté génétique de l'égyptien pharaonique et des langues négro-africaines*, Dakar, IFAN-NEA, 1977.

EBOUSSI BOULAGA, F., *A contretemps: l'enjeu de Dieu en Afrique*, Paris, Karthala, 1991.

EBOUSSI BOULAGA, F., *Les conférences nationales en Afrique noire. Une affaire à suivre* (Coll. Les Afriques), Paris, Karthala, 1993.

Education civique pour la préparation des populations aux élections en République Démocratique du Congo. Programme d'action de l'Eglise catholique pour une transition réussie, Kinshasa, Février 2004, p. 8.

ELA, J.-M., *Afrique. L'irruption des pauvres. Société contre Ingérence*, Pouvoir et Argent, Paris, L'Harmattan, 1994.

ELA, J.-M., *Cheikh Anta Diop ou l'honneur de penser*, Paris, l'Harmattan, 1989.

ELA, J.-M., *Restituer l'histoire aux sociétés africaines. Promouvoir les sciences sociales en Afrique*, Paris, l'Harmattan, 1994.

FANON, F., *Les damnés de la terre* (Coll. Maspero), Paris, F. Maspero, 1982.

GARAUDY, R., *Vers une guerre de religion ? Le débat du siècle*, Paris, Desclée de Brouwer, 1995.

GEORGE, S., *Jusqu'au cou. Enquête sur la dette du tiers monde*, Paris, La Découverte, 1988.

HADDAD, A., MUFUTA, K., MUTUNDA, M., *Fakhr As-Sûdân àla al-Bîdân* ou *Titres de gloire des noirs sur les blancs*, Paris, Société d'Edition d'Enseignement Supérieur, 1989.

HEBGA, M.P., *Afrique de la raison, Afrique de la foi* (Coll. Chrétiens en liberté), Paris, Karthala, 1995.

HEGEL, G.W.F., *Leçons sur la Philosophie et l'Histoire*, Paris, J. Vrin, 1987.

HEIDEGGER, M., *Questions I et II*, Paris, Gallimard, 1990.

HOCHSCHILD, A., *Les fantômes du roi Léopold II. Un holocauste oublié*, Paris, Ed. Belfond, 1998.

HOUNTONDJI, P., *L'Afrique doit reprendre son initiative historique !*, in *Démocraties africaines (African Democracies)*, n° 1, Janv/févr./mars 1995, p. 17.

HOUTART, F., *Délégitimer le capitalisme. Reconstruire l'espérance*, Bruxelles, Colofon, 2005.

HOUTART, F., *Société civile, mouvements sociaux et développement*, in *Pour une société civile congolaise socialement responsable*, Paris, L'Harmattan, 2005, 101-113.

Jeune Afrique Economie, n° 181, juillet 1994, p. 3.

KÄ MANA, *Christ d'Afrique. Enjeux éthiques de la foi africaine en Jésus-Christ* (Coll. Chrétiens en liberté), Paris-Yaoundé-Lomé, Karthala, Clé, Haho, 1994.

KÄ MANA, *L'Afrique va-t-elle mourir ? Essai d'éthique politique* (Coll. Chrétiens en liberté), Paris, Karthala, 1993.

KABASELE, F., *Ndi Muluba*, Louvain-la-Neuve, Panubula, 2004.

KABASELE, F., *Renouer avec ses racines. Chemins d'inculturation*, Paris, Karthala, 2005.

KABONGO-KANUNDOWI, Conscience Noire, Lwebo, 1997.

KABONGO-KANUNDOWI, E. et BILOLO, Mubabinge, *Conception Bantu de l'Autorité. Suivi de Baluba: Bumfumu ne Bulongolodi*, Munich-Kinshasa, Publications Universitaires Africaines, 1994.

KADIMA-NZUJI, M., *La chorale des mouches. Roman*, Paris-Dakar, Présence Africaine, 2003.

KI-ZERBO, J., *A quand l'Afrique*, Yaoundé-Abidjan-Bamako-Conakry-Porto Novo-Paris-Ouagadougou-Berne, Presses universitaires d'Afrique-Ed. Éburnie-Ed. Jamana-Ed. Gandal-Ed. Ruisseaux d'Afrique-Ed. de l'Aube-Ed. Sankofa & Gurli-Ed. d'en bas, 2003.

KOBIA, S., *Le courage de l'espérance. Les racines d'une vision nouvelle pour l'Eglise et sa vocation en Afrique*, Paris, Cerf, 2006.

KODJO, E., *Et demain l'Afrique*, Paris, Stock, 1983.

L'Africain, n° 211, 2003, p. 1-6.

L'Express, 27/11/2003.

La vie, n° 2612, 21-27 sept. 1995, p. 14-15.

L'Afrique du Sud en transition. Réconciliation et coopération en Afrique Australe (Coll. La Vie du Droit en Afrique), Paris, Economica, 1995.

LATOUCHE, S., *L'Autre Afrique. Entre don et marché*, Paris, Albin Michel, 1998.

Le Monde Diplomatique, Manière de voir, n° 84 (déc. 2005-janv. 2006), p. 40-41.

Le Potentiel du 02 mars 2006.

LUNEAU, R., *Comprendre l'Afrique*, Paris, Karthala, 2002.

MALHERBE, J.-F., *La démocratie au risque de l'usure. L'éthique face à la violence du crédit abusif*, Montréal, Liber, 2004.

MARYNCZAK, A., *Difficile émergence d'un capitalisme noir en Afrique du Sud*, in *Politique Africaine*, n° 56, déc. 1994, p. 9-25.

MATHOUX, L., *L'Afrique demande pardon à l'Afrique*, in *Dimanche Express*, n° 1, janvier 2004, p. 5.

MBELUALUFU, J., *Accord de Mbudi et stabilité macro-économique. Une approche économique dépassée et sadique*, in *Le Potentiel*, n° 3567 du 31 octobre 2005.

MBELUALUFU, J., *La crise congolaise, la dogmatique néolibérale et les fausses croyances*, in *Le Potentiel*, n° 3527 du 14 septembre 2005.

MBELUALUFU, J., *Revisiter nos traditions millénaires pour guérir de l'esclavage économiciste*, in *Le Potentiel*, n° 3624 du 11 janvier 2006.

MBEMBE, A., *Afriques indociles. Christianisme, pouvoir et Etat en société postcoloniale*, Paris, Karthala, 1990.

MUDIMBE, V.Y., *Entre les eaux*, Paris, Présence Africaine, 1973.

MUKENDI, T., *Démocratie, idéologie et développement en Afrique*, in *Imaginer et construire l'Afrique de demain (Imagine and Build Tomorrow's Africa)*, n° 1, août 1995, p. 1-8.

MUKENDI, T., *La culture, un combat existentiel*, in *Enjeux internationaux*, n° 10, Bruxelles, 2006, p. 6-7.

MUNZIHIRWA, Mgr. M.M.N., *Traditions culturelles et développement socio-économique*, in *Zaïre-Afrique*, n° 240, décembre 1989, p. 533-539.

MUSEKA, N., *Pour un développement inculturé*, in *Evangéliser, c'est développer. Mélanges en l'honneur de Mgr Bakole wa Ilunga*, Kananga, Ed. de l'Archidiocèse, p. 1-13.

MVENG, E., *Le synode africain, prolégomènes pour un concile africain ?* in *Concilium*, n° 239, 1992, p. 149-169.

NGINDU, M. et BIMWENYI, K. O., *Religion, tradition et modernisme en Afrique. Quelques réflexions théologiques sur le problème de l'inculturation*, in *Méditations africaines du sacré. Actes du troisième Colloque International, Kinshasa 16-22/2/1986*, in *Cahiers des Religions africaines*, numéro spécial, vol XX-XXI, n° 39-42, 1986-1987, p. 383.

NGOMA-BINDA, E., *La logique du pouvoir politique en Afrique noire. Lecture sociologique de l'avènement des dictatures et partis uniques*, in *Eglises et démocratisation en Afrique. XIX^è Semaine Théologique de Kinshasa du 21 au 27 nov. 1993,*, Kinshasa, FCK., 1994, p. 63-92.

NGWA NGWEMA, N., *Eglises et démocratisation en Afrique : cas du Gabon*, in *Eglises et démocratisation en Afrique. Actes de la XIX^è Semaine Théologique de Kinshasa*, Kinshasa, FCK., 1994, p. 27-36.

OBENGA, T., *L'Université Africaine dans le cadre de l'Union Africaine*, Paris, Pyramide Papyrus Presse, 2003.

OMOTUNDE, J.-P., *L'origine négro-africaine du savoir grec*, vol. 1, Paris, Coll. Connaissance du monde nègre, Paris, Ed. Menaibuc, 2000.

OMOTUNDE, J.-P., *Les Humanités Classiques Africaines pour les enfants*, vol. 1, Paris, Menaibuc, 2006.

Organisation de l'Unité Africaine (O.U.A.) : Quelle Afrique en l'an 2000 ? Rapport final du colloque de Monrovia sur les perspectives de l'Afrique à l'horizon 2000, Monrovia, 12-16 février 1979, p. 13.

PETRELLA, R., *L'évangile de la compétitivité*, in *Le nouveau capitalisme*, in *Manière de voir* 72 (Le Monde Diplomatique), déc. 2003-janv. 2004, p. 45-47.

PIGNARRE, Ph., et STENGERS, Is., *La sorcellerie capitaliste. Pratiques de désenvoûtement*, Paris, La Découverte, 2005.

PULH, J. (Ed.), *L'éternelle dette du Tiers-Monde*, Bruxelles, s.d.

Reconstruire l'Afrique à partir de la culture? Entretien avec le Prof. Bénézet Bujo, in *Telema*, n° 114, avr.-sept. 2003, p. 53-72.

ROBERT, A.-C., *L'Afrique au secours de l'Occident*, Paris, Les Editions de l'Atelier/Les Editions Ouvrières, 2004.

SARAH, Mgr. R., *Attitude et rôle des églises à l'égard des régimes totalitaires en Afrique : cas de la Guinée*, in *Eglises et démocratisation en Afrique. Actes de la XIXᵉ Semaine Théologique de Kinshasa*, Kinshasa, FCK., 1994 p. 39-49.

SCHOOYANS, M., *La dérive totalitaire du libéralisme* (Coll. Le Préambule), Paris, Editions Universitaires, 1991.

SEMBENE OUSMANE, *Xala*, Paris, Présence Africaine, 1995.

SMITH, S., *Négrologie. Pourquoi l'Afrique meurt?*, Paris, éditions Calmann-Levy .

SOMET, Y., *L'Afrique dans la philosophie. Introduction à la philosophie africaine pharaonique*, Paris, Khepera, 2005.

TAGUIAFING, M., *Les „tontines" chez les Bamilékés de l'Ouest-Cameroun : formes d'épargne et de solidarité*, in *Eglise et Mission.*, n° 284, oct.-nov.-déc. 1996, p. 207-213.

TRAORE, A., *Le viol de l'imaginaire*, Paris, Fayard, 2002.

TSHIYEMBE, M., *L'Etat postcolonial, facteur d'insécurité en Afrique*, Paris, Présence Africaine, 1990.

VAN PARYS, J.-M., *Foi chrétienne et Développement*, in *Tradition, Spiritualité et Développement. Actes de la XIIIè Semaine Philosophique de Kinshasa (du 5 au 11 avril 1992)*, Kinshasa, FCK., 1993, p. 57-64.

WARNIER, J.-P., *L'Esprit d'entreprise au Cameroun*, Paris, Karthala, 1993.

WEBER, M., *L'éthique protestante et l'esprit du capitalisme* (Coll. Recherches en Sciences humaines), Paris, Plon, 1969.

YOKA, L.M., *La décennie mondiale du développement culturel: ses objectifs et les stratégies possible*, in *Zaïre-Afrique*, n° 231-232, janvier-février 1989, p. 5.

ZIEGLER, J., *L'empire de la honte*, Paris, Fayard, 2005.

ZIEGLER, J., *Les nouveaux maîtres du monde et ceux qui leur résistent*, Paris, Fayard, 2002.

Internet Links:

http://www.africamaat.com
http://www.afrikara.com
http://fr.wikipedia.org/wiki/Afrocentrisme
http://fr.wikipedia.org/wiki/Gaston_Bachelard
http://www.ankhonline.com/
http://www.kwetukundela.com
http://www.ciyem.ugent.be/